— *Le rêve de vent* —

Tome 3

À VOUS DE JOUER

— *Le rêve de vent* —

Tome 3

STÉPHAN BILODEAU

CÉDRIC ZAMPINI

ADA
JEUNESSE

Éditeur : François Doucet
Révision linguistique : Daniel Picard
Révision : Nancy Coulombe, Katherine Lacombe
Design de la couverture : Matthieu Fortin
Illustrations : Mylène Villeneuve
Mise en pages : Sylvie Valois
ISBN papier : 978-2-89667-624-8
ISBN numérique : 978-2-89683-791-5
ISBN ePub : 978-2-89683-792-2
Première impression : 2012
Dépôt légal : 2012
Bibliothèque et Archives nationales du Québec
Bibliothèque Nationale du Canada

Éditions AdA Inc.
1385, boul. Lionel-Boulet
Varennes, Québec, Canada, J3X 1P7
Téléphone : 450-929-0296
Télécopieur : 450-929-0220
www.ada-inc.com
info@ada-inc.com

Diffusion
Canada :   Éditions AdA Inc.
France :   D.G. Diffusion
             Z.I. des Bogues
             31750 Escalquens — France
             Téléphone : 05.61.00.09.99
Suisse :   Transat - 23.42.77.40
Belgique :   D.G. Diffusion - 05.61.00.09.99

Imprimé au Canada   SODEC

Participation de la SODEC.
Nous reconnaissons l'aide financière du gouvernement du Canada par
l'entremise du Fonds du livre du Canada (FLC) pour nos activités d'édition.
Gouvernement du Québec - Programme de crédit d'impôt pour l'édition de
livres - Gestion SODEC.

**Catalogage avant publication de Bibliothèque et Archives nationales du
Québec et Bibliothèque et Archives Canada**
Bilodeau, Stéphan, 1967-

    À vous de jouer 2
    Sommaire : t. 3. Le rêve de vent / Stéphan Bilodeau et Cédric Zampini.
    Pour les jeunes de 8 ans et plus.
    ISBN 978-2-89667-624-8 (v. 3)
    1. Livres dont vous êtes le héros. I. Zampini, Cédric. II. Titre. III. Titre : À
vous de jouer deux. IV. Titre : Le rêve de vent.

PS8603.I465A622 2011   jC843'.6   C2011-942271-9
PS9603.I465A622 2011

Vous pouvez maintenant visiter notre petit monde en vous rendant sur le site Web suivant :

www.avdj2.com

Ou sur notre forum :

www.SeriesFantastiques.com

Remerciements

Tout d'abord, un immense merci aux autres membres de l'équipe *À vous de jouer 2* : Gilles Saint-Martin et Rémy Huraux. Bien que sur chaque tome soient crédités deux auteurs, les autres écrivains de la série ont également aidé à divers niveaux. Merci, chers collègues.

Nous aimerions aussi remercier Mylène Villeneuve, dont les fantastiques illustrations illuminent ce tome.

Et pour terminer, un merci particulier à notre merveilleuse équipe de testeurs soit :

Louis-Pascal
  Bombardier
  (youko999),

Marc-Olivier
  Deschênes
  (Huntermeca),

Toufik Elhossami
  (toufik_magik),
Louis-Martin Dion
  (Loulou_star),
Nathan Harvey
  (Nathan-H),
Marjolaine Côté
  (Esperanza),
Carla Suzanne Klinger
  (Carla Klinger),
Marie Bombardier
  (Alizée),
Chantal Lambert
  (AdriaNadorg),
Rick Ouellet (R.O),
Émilie Nadeau
  (Timilie),
William Bolduc
  (mordio7),
Sébastien Thomas
  Claude Mompéo
  (seb le français),
Émanuelle Pelletier
  Guay (Zozo),
Michel Giroux,
Dominic Turcotte,
Jessyca Bilodeau et
  Bianca Bilodeau.

Table des matières

Mot de bienvenue

Bienvenue dans le monde fantastique d'*À vous de jouer 2*. Vous allez vivre de merveilleuses aventures dont vous, et vous seul, serez le personnage principal.

Pour cette aventure, vous aurez besoin de deux dés à six faces, d'un bon sens du jugement et d'un peu de chance.

En premier lieu, vous devrez créer votre personnage. Vous pourrez être un guerrier, une guerrière, un archer, une archère, un magicien, une magicienne, un druide ou une druidesse. Choisissez bien, car chaque personnage a ses propres facultés (le chapitre suivant vous expliquera la marche à suivre). Si vous êtes un habitué de la collection *À vous de jouer*, vous verrez qu'il y a quelques changements.

Le charme de cette série réside dans votre liberté d'action et dans la possibilité de retrouver votre héros et votre équipement d'un livre à l'autre. Bien que cet ouvrage soit écrit pour un joueur seul, si vous désirez le lire avec un partenaire, vous n'aurez qu'à doubler le nombre de monstres que vous rencontrerez.

Maintenant, il ne nous reste plus qu'à vous souhaiter une bonne aventure !

La sélection du personnage

Avant de commencer cette belle aventure, vous devez choisir votre personnage. Il ne vous est malheureusement pas possible d'utiliser ceux de la première série *À vous de jouer !*

Vous trouverez un modèle de fiche de personnage en annexe. Voulez-vous être guerrier, guerrière, archer, archère, magicien, magicienne, druide ou druidesse ? C'est à vous de choisir...

Il est possible de jouer un héros ou une héroïne, mais les accords de la langue française n'étant pas aussi simples que ceux de la langue anglaise, nous avons écrit les aventures pour un héros masculin. Mais cela n'empêche pas les filles de jouer un personnage féminin tout de même.

Vous découvrirez également de nombreuses fonctionnalités sur notre nouveau site Web (www.avdj2.com).

DEXTÉRITÉ
Détermine votre coordination physique, votre aptitude à manier les armes, votre souplesse et votre équilibre. Elle est utilisée pour calculer l'habileté des guerriers.

PERCEPTION
Détermine votre aptitude à utiliser vos cinq sens. Elle permet d'utiliser les armes à distance plus facilement (visée, vitesse et sens du vent…). Elle est utilisée pour calculer l'habileté des archers.

SAVOIR
Détermine l'importance de vos connaissances et votre capacité à vous en rappeler (pour des formules magiques, par exemple). Elle est utilisée pour calculer l'habileté des magiciens.

ESPRIT

Détermine votre aptitude à exploiter la puissance de votre âme (pouvoirs psychiques) et celle de la vie (guérison). Elle est utilisée pour calculer l'habileté des druides.

POINT DE VIE (PV)

Ce total représente votre force vitale. S'il atteint zéro ou moins, vous êtes mort! Votre valeur maximale évoluera avec votre niveau.

Au départ, le guerrier et l'archer ont 50 PV; le magicien et le druide en possèdent 45.

CHANCE

Certains naissent sous une bonne étoile, alors que d'autres sont marqués par la fatalité… Votre chance évoluera au hasard de vos jets de dés (voir la section «test de chance»). Vous commencez avec une valeur de 7.

HABILETÉ

Elle détermine votre aptitude à combattre avec vos propres compétences. Elle est établie en fonction de la classe de votre personnage et de son équipement (voir la section « Les combats » pour son utilisation).

ÉQUIPEMENTS

Chaque classe de personnage possède son propre équipement. Vous en trouverez lors de vos aventures ou en achèterez dans les boutiques. Au début de cette aventure, le héros est invité à passer à la boutique de Drew avant son départ.

Vous pouvez avoir jusqu'à huit pièces d'équipement simultanément (tête, cou, corps, main gauche, main droite, anneau gauche, anneau droit, pieds).

Vous aurez des malus en combat si vous n'avez pas d'armes ou pas de protection de corps (voir la section « Les combats »).

OBJETS

Vous possédez un sac à dos pouvant contenir jusqu'à 30 objets. Si vous dépassez ce maximum, vous devrez jeter des objets pour faire de la place.

TALENTS

Chaque classe possède des talents spécifiques utilisables une seule fois chacun (il y aura des moyens de les régénérer). Comme vous obtenez un nouveau talent à chaque niveau pair (2, 4, 6, 8 et 10), vous ne profitez pas d'un nouveau talent pour ce tome.

Chaque classe en possède deux, et ce sont essentiellement des talents de combat (TC), sauf pour l'archer. Faites attention, car leur effet dure pendant tout le combat ! Voici les talents disponibles pour chaque classe :

GUERRIER / GUERRIÈRE	
HARGNE	NIVEAU 1
Agressivité passagère qui augmente les dégâts infligés de 5 points lors d'un assaut.	
POSITION DÉFENSIVE	NIVEAU 2
L'habileté du guerrier est augmentée de 5 points lors d'un combat s'il se bat avec un bouclier.	
ARCHER / ARCHÈRE	
ESQUIVE	NIVEAU 1
Extrême rapidité qui permet d'éviter les blessures pendant 2 assauts.	
TIR PRÉCIS	NIVEAU 2
Tir très précis. Dégâts infligés +10 pendant un assaut.	
MAGICIEN / MAGICIENNE	
FOUDRE	NIVEAU 1
Foudroie l'adversaire et lui inflige 10 points de dégâts.	

GEL	NIVEAU 2
Le magicien gèle son adversaire. L'adversaire doit réduire son habileté de 5 points pendant la durée d'un combat.	

DRUIDE / DRUIDESSE

SOINS	NIVEAU 1
Vous gagnez 10 points de vie et guérissez le statut empoisonné). Ce talent s'utilise à n'importe quel moment de l'aventure, même en combat.	

TOTEM AIGLE	NIVEAU 2
Le druide se transforme en aigle. Blessures reçues -1 par assaut pendant la durée d'un combat.	

OR ET ARGENT

Dans cette nouvelle série, nous avons ajouté des pièces d'argent en plus des pièces d'or habituelles. Le taux est de 100 pièces d'argent pour 1 pièce d'or.

Au départ de ce tome, le héros possède 400 pièces d'argent (à moins que vous ne réutilisiez un héros existant, qui a déjà ses propres richesses).

Quelques règles

LES BOUTIQUES GÉNÉRALES

Elles se situent dans la grande ville de chaque baronnie. On y trouve beaucoup plus d'objets que dans les boutiques locales et leurs propriétaires sont de fins connaisseurs. Vous pourrez vous y procurer un objet en payant le montant indiqué. Vous pourrez aussi vendre un objet en échange de la moitié de sa valeur. Ces boutiques sont accessibles dans les aventures et sur le site Internet.

LES BOUTIQUES LOCALES

Elles se trouvent dans les villages que vous traverserez. Vous pourrez y acheter autant d'objets que vous voudrez, tant que vous avez de quoi payer, bien sûr ! Les marchands locaux peuvent aussi racheter les objets à la moitié de leur valeur.

LA CARRIOLE « CHEZ PIT »

« Pit » est le diminutif de Peter, un vieux héros reconverti en marchand ambulant. Bien qu'il soit très vieux, il promène sa carriole tout le temps à travers les baronnies. Vous verrez souvent des objets pittoresques en sa possession.

LES POTIONS

Les potions sont importantes dans ce jeu. Assurez-vous d'en avoir toujours dans votre équipement. Elles permettent de regagner les points de vie que vous avez perdus au combat. Rappelez-vous que vous ne pouvez jamais dépasser votre total initial de points de vie.

Vous pouvez vous servir des potions à tout moment, même en cours de combat, sans être pénalisé.

LA MORT

Comme nous l'avons mentionné, vous êtes déclaré mort quand vos points de vie tombent à zéro ou si le texte vous le dit. Dans ce cas, vous devez absolument recomposer un personnage et recommencer le jeu au début. Certains objets peuvent aussi vous éviter la mort. À vous de les trouver !

LE TEST DE CHANCE

Lorsque l'on vous demande d'effectuer un test de chance, lancez deux dés. Si le résultat est égal ou inférieur à votre total de chance, vous êtes chanceux ; si cette somme est supérieure à votre total de chance, vous êtes malchanceux.

<u>Résultats critiques</u> : Si vous faites 2 (double un), vous serez toujours chanceux et votre total de chance augmentera d'un point. Si vous faites 12 (double six), vous serez toujours malchanceux et votre total de chance diminuera d'un point.

<u>Exemple</u> : Vous avez un total de chance de 5. Vous lancez les deux dés et…

- Cas 1 : vous obtenez un total de 4, donc vous êtes chanceux, car c'est inférieur à 5.

- Cas 2 : vous obtenez un total de 2, donc vous êtes chanceux ET votre total de chance augmente d'un point (il passe à 6). La prochaine fois qu'il y aura un test de chance, vous serez chanceux sur un résultat de 2 à 6 aux dés.

LE TEST DE CARACTÉRISTIQUES

Le succès d'une action dépend de vos compétences, mais aussi des conditions dans lesquelles elle se déroule. Dans ce cas-là, un test de caractéristiques permettra de trancher. Pour réussir, vous devrez égaler ou dépasser un niveau de difficulté (ND) imposé par le texte en additionnant vos points dans la caractéristique à tester et le résultat d'un lancer de dé. Des bonus ou malus pourront modifier ce total.

Exemple : Dans un campement de voleurs, vous espionnez un groupe qui chuchote. On vous demande de faire un test de perception avec un ND de 5. Le dé fait 3…

- Si vous êtes l'archer avec 3 en perception, votre résultat est de 3+3=6.

Comme 6 est plus grand que le ND de 5, vous entendez les gredins fomenter un plan pour attaquer le village.

- Si vous êtes le druide avec 2 en perception, votre résultat est de 2+3=5. Vous égalez le ND, et vous entendez les gredins fomenter un plan pour attaquer le village.

- Si vous êtes le magicien avec 1 en perception, votre résultat est de 1+3=4. Comme 4 est plus petit que 5, vous n'entendez rien.

- Si vous êtes le guerrier avec 1 en perception, vous vous êtes rapproché plus près de la conversation, ce qui vous confère un bonus exceptionnel de 2 pour ce test. Par conséquent, le résultat de votre lancer de dé devient 1+3+2=6. Comme 6 est plus grand que 5, vous entendez les gredins fomenter un plan pour attaquer le village.

LES STATUTS

Lors de vos aventures, vous risquez d'être empoisonné par des plantes ou des créatures. De même, vous risquez de recevoir des malédictions venant d'objets maudits ou de créatures démoniaques.

- Sain : c'est le statut que vous avez au début de l'aventure. Ce qui veut dire que vous n'avez aucun malus.
- Empoisonné : le poison paralysant ralentit vos mouvements. Vous perdez 5 points d'habileté tant que vous ne vous êtes pas soigné.
- Maudit : vous ratez automatiquement vos jets de chance et de caractéristiques (ne lancez pas les dés).

Notez qu'il est possible d'être à la fois empoisonné et maudit (cumulez les effets).

LE NIVEAU

Votre personnage commence au niveau 1. Vous gagnerez 1 niveau par tome réussi. Un changement de niveau pourra augmenter vos caractéristiques ou vous permettre d'obtenir un talent et des PV supplémentaires. Les effets, suite aux changements de niveau, vous seront révélés à la fin de chaque tome.

L'utilisation de la carte

Vous trouverez au début de la quête une carte de la région. Conservez-la bien, car elle vous guidera tout au long de l'aventure. Vous retrouverez également ce document (version couleur) en format imprimable sur notre site Web :

www.avdj2.com

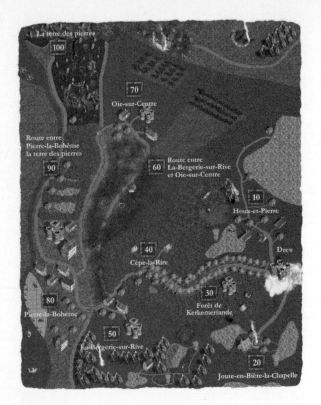

LES DÉPLACEMENTS

Chaque numéro de la carte représente un paragraphe du livre. Le texte vous dira vers quel lieu vous pourrez vous rendre. Lorsque vous atteignez un nouveau lieu, lisez le paragraphe du livre qui correspond au numéro.

LES RENCONTRES ALÉATOIRES

Parfois, il vous sera demandé de «lancer un dé selon la règle des rencontres aléatoires». Lancez alors ce dé :

- Si le résultat est entre 1 et 3, vous rejoignez votre destination sans encombre.
- S'il est de 4 ou plus, vous rencontrerez un monstre sur le chemin.

Vous devez alors déterminer quel monstre vous allez affronter. Pour cela :

- Lancez à nouveau le dé.
- Ajoutez 190 au résultat.
- Allez combattre la créature située au paragraphe égal au résultat que vous avez obtenu.

Exemple : Vous lancez le dé et obtenez un 4. Donc vous rencontrez un monstre.

Au deuxième lancer, vous obtenez 5. Vous devez donc combattre le monstre décrit au paragraphe 195 du livre.

Les combats

Voici le nouveau système de combat développé exclusivement pour la série *À vous de jouer 2*. Pour affronter les créatures terrifiantes qui ont envahi les baronnies du Sud, vous aurez besoin d'un dé et de la grille de combat ci-dessous (elle figure aussi sur toutes les fiches de personnages).

LA GRILLE DE COMBAT

Table	Différence entre l'habileté du héros et de son adversaire					
	Défense			Attaque		
	+ D11	D10 - D6	D5 - D1	A0 - A5	A6 - A10	A11 +
1	héros : -7 adv : -4	héros : -6 adv : -4	héros : -5 adv : -4	héros : -4 adv : -4	héros : -3 adv : -4	héros : -2 adv : -4
2	héros : -6 adv : -4	héros : -5 adv : -4	héros : -4 adv : -4	héros : -3 adv : -4	héros : -2 adv : -4	héros : -1 adv : -4
3	héros : -6 adv : -5	héros : -5 adv : -5	héros : -4 adv : -5	héros : -3 adv : -5	héros : -2 adv : -5	héros : -1 adv : -5
4	héros : -5 adv : -5	héros : -4 adv : -5	héros : -3 adv : -5	héros : -2 adv : -5	héros : -1 adv : -5	héros : -1 adv : -5
5	héros : -5 adv : -6	héros : -4 adv : -6	héros : -3 adv : -6	héros : -2 adv : -6	héros : -1 adv : -6	héros : 0 adv : -6
6	héros : -4 adv : -6	héros : -3 adv : -6	héros : -2 adv : -6	héros : -1 adv : -6	héros : 0 adv : -6	héros : 0 adv : -6

Dé d'assaut (Da)

AVANT LE COMBAT

Vous devez d'abord déterminer dans quelle colonne du tableau se fera le combat. Dans la partie **non grisée** (attaque), c'est vous qui avez l'avantage, dans la partie **grisée** (défense), c'est votre adversaire qui est avantagé. Pour cela, on utilise l'habileté (n'oubliez pas d'y ajouter les éventuels bonus et malus de vos équipements, arme, protection, statut…).

- Si votre habileté est supérieure ou égale à celle de votre adversaire, vous aurez l'avantage sur lui. Vous utiliserez donc la partie **non grisée** (attaque) du tableau. Votre habileté moins celle de votre adversaire est égale à la **colonne** que vous utiliserez.

- Si votre habileté est inférieure à celle de votre adversaire, vous serez désavantagé. Vous utiliserez donc la partie **grisée** (défense) du tableau. Dans ce cas, c'est l'habileté de votre adversaire moins la vôtre qui est égale à la colonne que vous utiliserez.

Certains objets ou talents vous permettront de modifier votre habileté ou celle de votre adversaire. Dans ce cas, bien sûr, vous changerez de **colonne** en fonction du nouvel écart entre vos habiletés.

Exemple 1 : Si vous avez une habileté de 5 et que votre adversaire a une habileté de 12, vous êtes désavantagé, vous utilisez donc la partie **grisée** (défense) du tableau, plus précisément la **colonne D10−D6** vu que 12-5=7.

Exemple 2 : Si vous avez une habileté de 5 et que votre adversaire a une habileté de 15, vous utiliserez donc la même **colonne**, vu que 15-5=10. Vous décidez d'utiliser un parchemin de langueur pour ce combat (dont l'effet est de diminuer l'habileté d'un ennemi de 10 points). L'habileté de votre adversaire passe à 15-10=5. L'adversaire a maintenant une habileté égale à la vôtre, ce qui vous avantage. Vous utiliserez donc maintenant la partie **non grisée** (attaque), et plus précisément la **colonne A0−A5** vu que 5-5=0.

PENDANT LE COMBAT

- Le combat se déroule en plusieurs assauts. À chaque assaut, lancez un dé.
- Rendez-vous ensuite à la ligne du tableau qui correspond au résultat du dé.
- Le résultat de l'assaut est la case correspondant à l'intersection de votre colonne et de votre ligne. Dans cette case se trouve une partie héros et une partie adversaire suivie d'un chiffre. C'est le nombre de points de vie que vous et votre adversaire perdez (comme pour l'habileté, certains objets ou talents donnent des bonus ou malus aux dégâts, ne les oubliez pas!)
- Et voilà, l'assaut est terminé! Vous n'avez plus qu'à entamer le suivant qui se déroule de la même façon.

Le combat se termine lorsque vos points de vie ou ceux de votre adversaire tombent à 0, ce qui signifie la mort du combattant.

Attention, vous ne pouvez utiliser qu'un seul talent au début de chaque assaut. N'oubliez pas alors de cocher la case sur votre fiche de personnage AVANT de lancer le dé.

EXEMPLE DE COMBAT

Vous êtes un guerrier de niveau 1 (H : 7, PV : 15) qui combat un voleur (H : 6, PV : 20). Vous pouvez utiliser le talent hargne. Comme vous possédez la plus haute habileté, vous utilisez la partie non grisée (attaque) plus précisément la colonne 0-5, vu que 7-6=1.

- 1er assaut : vous lancez le dé, et obtenez un 5 (ce qui est un bon résultat). La case qui est à l'intersection de la ligne 5 et de la colonne 0-5 indique : héros : -2 et adv : -6. Ce qui signifie que vous perdez 2 PV et votre adversaire, 6 PV. Vous avez maintenant 15-2=13 PV et le voleur 20-6=14 PV.

- 2e assaut : vous décidez d'utiliser votre hargne (+5 dégâts) pour cet assaut. Cochez la case sur votre fiche de personnage. Vous lancez le dé qui fait 2. Soit le résultat suivant dans le tableau : héros : -3 et adv : -4. Ajoutez les dégâts de la hargne aux 5 dégâts que recevra le voleur (4+5=9) : vous perdez 3 PV et votre adversaire, 9 PV. Vous avez maintenant 13-3=10 PV et le voleur 14-9=5 PV.

- 3e assaut : vous lancez le dé, et obtenez un magnifique 6. La case indique héros : -1 et adv : -6. Il vous reste 10-1=9 PV alors que le voleur rend son dernier souffle. Vous ramassez sa bourse qui contient 10 pièces d'or et continuez votre chemin, sans oublier de boire quelques potions de vie !

MALUS DE COMBAT

Vous aurez des malus si vous n'êtes pas suffisamment équipé pour vous battre.

- Vous devrez déduire 3 points aux dégâts que vous vous infligerez si vous vous battez sans armes (main droite non équipée). Exception pour l'archer, qui doit être équipé d'un arc (main gauche) **et** de flèches (main droite) pour éviter ce malus.

- Vous devrez doubler les blessures reçues en combat si vous n'êtes pas muni d'une protection corporelle (Corps non équipé).

Le rêve de vent

La baronnie de Shap est maintenant en sécurité. Mais vous n'avez guère profité de l'hospitalité de la baronne Joline et du confort de son château. Il vous a fallu partir précipitamment. Peut-être trop…

Après une journée de rude chevauchée, vous arrivez enfin à la frontière de la baronnie de Drew : votre nouvelle destination. Le garde-frontière parcourt, avec un sourire goguenard, le laissez-passer que vous a rédigé Joline. Puis il vous annonce avec une certaine ironie :

— Cher envoyé de Gardolon, bienvenue dans la baronnie de Drew, la plus accueillante entre toutes ! Celle dont tout le monde veut sortir et où personne ne veut entrer, sauf vous !

« Un chevalier courageux qui sauve les plus démunis. »

— C'est en général ce qui se passe quand on est un chevalier courageux qui sauve les plus démunis, rétorque malicieusement Jack, vexé par ce ricanement.

Vous ordonnez à votre monture d'avancer et franchissez la frontière, sous le regard interloqué du mystérieux soldat. Décidément, votre grenouille commence à avoir de plus en plus de classe !

Vous ne savez pas trop ce que vous réserve cette nouvelle baronnie. Une chose est sûre, votre tâche risque de ne pas être de tout repos. Comme l'a suggéré Malkya, vous devez absolument détruire le rêve de vent avant qu'il n'éclose en un démon colossal. La paix de ces terres en dépend…

Tout au long de votre chemin jusqu'à la cité de Drew, vous ne faites que croiser des familles ruinées par la guerre, des fermes incendiées, des villages détruits et des enfants attristés en haillons. Et la faute n'en revient pas qu'aux démons.

— Écoute ça, Maître, intervient Jack, les yeux rivés sur son encyclopédie miniature. À Drew, les seigneurs de la plaine des châteaux se font la guerre depuis un nombre incalculable d'années. C'est une tradition.

Le plus étonnant, c'est que l'attaque des démons aurait normalement dû rapprocher ces humains ; les pousser à se serrer les coudes. Or, c'est le contraire qui s'est produit ! Ils en profitent pour s'attaquer mutuellement, espérant que les démons affaiblissent le camp adverse et pas le leur ! Comment est-il possible que le baron laisse se produire un tel gâchis ?...

La quête

Les alentours de la cité de Drew sont un havre de paix que se partagent bourgades tranquilles, champs en labours et pâturages fertiles.

— Pas le moindre démon par ici, déclare Jack en scrutant les alentours.

Vous arrivez aux portes de la ville. Un capitaine à l'allure impressionnante vous reçoit. Le buste droit, le regard franc, il se présente comme le capitaine Narh et vous conduit jusqu'au château.

Vous ne trouvez pas les mots pour exprimer votre stupéfaction. Vous marchez dans une cité de pierre immaculée, d'une propreté inouïe, aux pavés d'une régularité totale. Et surtout, il y a de la neige ! Partout dans les rues.

— Mais c'est impossible, il fait trop chaud ! s'étonne Jack en sautillant frénétiquement dans la poudre blanche.

Aussitôt, le capitaine explique :

— C'est de la neige magique. Elle sert à égayer la population. Ce fut la première mesure de notre Majesté après son accession au trône.

— Majesté ?! Mais ce n'est qu'un baron ! répondez-vous, surpris.

— Ici, on l'appelle Majesté et on baisse les yeux lorsque l'on croise son image. Rappelez-vous-en.

— Quelle drôle de larron, ce baron, ironise Jack.

Le capitaine vous montre la grande place où se trouve une titanesque statue blanche représentant un guerrier en armure dorée. Son visage sobre et digne inspire aussitôt respect et soumission. Ce doit être le baron, pensez-vous logiquement. Vous pliant respectueusement à la coutume locale, vous baissez les yeux. Une coutume que Jack se plaît à ignorer pour le moment…

De l'autre côté de la place se trouve le château. Il ressemble comme deux gouttes d'eau aux contes de fées que vous racontait jadis votre mère. Un liquide doré coule dans ses douves. Des tours pointues aux flèches d'un bleu ciel étincelant semblent s'élever jusque dans les nuages. Un pont-levis de bronze, haut comme un géant, est abaissé.

Vous laissez votre cheval à l'écurie et, une fois à l'intérieur, jetez un coup d'œil sur les innombrables sculptures et gargouilles, ainsi que sur les gigantesques fresques peintes au plafond. Vous passez dans au moins une cinquantaine de couloirs et gravissez une bonne dizaine d'escaliers, tous décorés plus somptueusement les uns que les autres. Ce lieu est une véritable folie architecturale! Vous contemplez davantage un palais de roi en pleine splendeur que le centre militaire et politique que devrait être ce bâtiment!

Enfin, deux chevaliers aux armures dorées ouvrent une majestueuse double-porte aux anneaux de diamant. Vous entrez dans la grande salle du trône. Les murs sont recouverts de tapisseries cousues au fil d'argent dans lesquelles évoluent toutes sortes d'animaux exotiques : des singes, des perroquets et même un zèbre !

— Les animaux du Baron sont ses seuls courtisans, explique le capitaine Narh. Notre Majesté Drew trente-neuvième du nom, ne supporte pas la présence des êtres humains. D'ailleurs, je vous conseille de mettre votre grenouille à l'abri si vous souhaitez la conserver. Son Éminence risque de la vouloir pour sa collection.

— Non, mais dis donc ! s'insurge Jack. Je mange une dizaine de vers de terre au petit déjeuner ; alors votre baron je m'en chatouille les palmes !

N'ayant aucune envie de parlementer avec ce têtu pendant des heures, vous le saisissez et l'enfermez dans votre sac à dos en lui chuchotant :

— C'est pour ton bien, Jack.

— Toi aussi tu t'y mets ? La prochaine fois que tu seras en danger, demande de l'aide aux arbres !

Deux personnes sortent alors de derrière un épais rideau, puis montent sur une estrade. Le premier est un homme entre deux âges, aux épaules avachies et aux lèvres grasses, qui vous lorgne d'un regard amorphe. Il se laisse retomber mollement dans un grand fauteuil qui surplombe toute la salle. Si c'est lui le baron, vous souriez en pensant que le sculpteur de la grande statue a dû se tromper de modèle. Une couronne dorée repose sur sa tête, ce qui est totalement prétentieux étant donné son titre. Il vous regarde en soupirant et s'écrie :

— Ah, regarde, voilà l'envoyé !

Vous essayez de comprendre à qui il parle. C'est alors que vous apercevez un petit lézard rouge juché sur sa couronne. On n'en trouve que dans les déserts des îles océanes, très loin d'ici. Le baron vous fait un grand sourire charmeur.

— Il paraît que vous avez une grenouille qui parle ? demande-t-il. Montrez-la-moi, je veux la voir !

Vous avez bien fait de suivre les conseils du capitaine Narh. Vous répondez aussitôt :

— Elle n'est pas là. Elle a préféré rester à Shap.

— Ah bon… soupire-t-il déçu. Allez-vous-en, vous ne m'intéressez plus.

Aux côtés du baron, le deuxième homme prend la parole. C'est un jeune et fier chevalier moustachu aux cheveux couleur de feu, dont le visage est plein de taches de rousseur. Il s'adresse au baron d'une voix calme et cérémonieuse :

— Votre Altesse, ce héros est venu nous aider à repousser les démons.

— Et alors ? Vous avez beau être le grand chevalier de la baronnie, sire Onéor, c'est encore moi qui décide ! Qu'il aille donc tuer des démons dans le sud et qu'il me laisse tranquille !

— Votre Grandeur suprême, ose répondre le chevalier rouquin, nous pourrions utiliser sa présence de manière plus…

— Qu'est-ce que j'ai dit ?! Qu'il s'en aille !

Ce baron vous fait l'effet d'un enfant qui n'a pas grandi. Vous décidez de réagir en vous imposant d'une voix puissante :

— Malgré tout le respect que je vous dois, baron, en tant qu'envoyé du roi de Gardolon, je suis très déçu par ce que je vois. Vous ne menez pas la guerre contre les démons avec beaucoup de ferveur. Vos seigneurs se querellent, et vous vivez dans un luxe indigne alors que vos sujets sont dans la misère.

— Qu'est-ce que vous voulez exacte-ment ? vous coupe le chevalier, angoissé.

— Je suis ici pour détruire une fleur qui pourrait bien éclore en un démon plus puissant que tout ce que vous avez pu com-battre jusqu'ici.

— Personne ne s'occupe de mes fleurs à part moi ! hurle le baron. Les démons, je m'en fiche. Maintenant, sortez ou je vous fais pendre !

Son regard est devenu meurtrier. Votre franc-parler vous a vraiment mis en dan-ger. Onéor se rapproche de vous. Il vous ordonne, droit dans les yeux :

— Obéissez à Sa Majesté. Partez dans le sud.

Vous vous apprêtez à refuser catégori-quement, lorsqu'il se met à chuchoter :

— Faites semblant d'accepter, il en va de votre vie. On se revoit juste après.

Par prudence, vous acquiescez. Il s'écrie alors :

— Capitaine Narh! Amenez-le à mon bureau. Je lui donnerai les ordres pour sa mission.

Le baron esquisse un sourire hypocrite, et son regard mauvais vous toise tandis que vous quittez la salle du trône.

Allez au **1**.

1

Le bureau du jeune chevalier roux est, contrairement au reste du château, sobre et dépourvu d'apparat.

— Bien, commence-t-il tout de suite. Vous allez désobéir au baron et ne pas partir dans les marais. En effet, il se trouve que Drew XXXIX a parfois des ordres étranges. J'ai pris l'habitude de ne pas les faire suivre, pour le bien de tous.

— Cet homme est un tyran!

— Que voulez-vous, c'est lui le baron! Les drewois y sont malgré tout attachés. Mais si ce que vous dites par rapport à la fleur est vrai, on n'est pas dans les navets!

Vous dites qu'elle peut éclore en un démon ?
D'où tenez-vous cette information ?

— De Malkya, la mage de la baronne
de Shap.

— Comment s'appelle cette fleur ?

— Le rêve de vent.

— D'accord, c'est bien ce que je redou-
tais. Sachez que cette fleur a malheureusement été volée il y a une semaine. Ne
pensant pas qu'elle avait le moindre pouvoir, comme la plupart des plantes du
baron, je ne me suis pas occupé de cette
histoire. Mais j'ai bien peur qu'elle coïncide
avec un autre événement.

— Qui est ?

— La même nuit que lors de la dispari-
tion de la fleur, plusieurs témoins ont aperçu
une étrange cavalière à la peau bleue. Selon
eux, elle avait une gigantesque corne sur
la tête au bout de laquelle se trouvait une
petite tête d'homme. Deux énormes tentacules lui sortaient de chaque aisselle. Mais
le plus marquant, c'est qu'on pouvait voir
son cœur en proie à des flammes vertes se
consumer à travers sa peau.

— Mmm ! Mmm !…

— Quel est ce bruit? demande Onéor en désignant votre sac.

Vous ouvrez aussitôt votre barda. Vous aviez complètement oublié Jack. Il doit commencer à s'impatienter. Bien sûr, il s'empresse de vous le faire remarquer.

— MmmmAAAAAH, quand même! gronde-t-il.

— Excuse-moi, Jack. Je...

— Pfff... Ne te donne pas cette peine, répond la grenouille en vous lançant un regard dédaigneux.

— Mais...

— Dites, messire Onéor, poursuit Jack en vous ignorant, votre cavalière, c'est un démon. Croyez-moi, je m'y connais.

— Mais ce démon n'a pas pu pénétrer dans le château! contestez-vous, quelque peu vexé par l'attitude de votre compagnon.

— Il devait avoir un complice. Je crois que les démons ont des espions au château.

— Donc, vous pensez que ce démon s'est enfui avec le rêve de vent?

— C'est ce que je pense aussi, ajoute Jack comme si on lui avait demandé son opinion.

— Oui. C'est bien ce qui est le plus plausible, reprend Onéor. C'est pourquoi, malgré les ordres du baron, je vous demande de retrouver la piste de ce démon. Il est parti vers l'ouest, c'est tout ce que je sais. Il n'y a que deux villages dans cette direction : Joute-en-Bière-la-Chapelle et Houx-et-Pierre. Autre chose, les témoins ont vu passer le démon à l'aurore. Vous trouverez sûrement des paysans qui l'auront aperçu dans la campagne. Ils se lèvent tôt pour travailler aux champs.

— D'accord, je… Nous partons tout de suite.

— Vous n'auriez pas une paire de ciseaux ? demande Jack.

— Mais pourquoi veux-tu des ciseaux ?!

— Pour découper ton sac, si jamais tu oses encore m'y enfermer !

— Restez sérieux, s'il vous plaît, tempère Onéor. Tenez, prenez ceci.

Le chevalier vous tend une carte de la baronnie. Notez-la sur votre fiche de personnage.

— S'il vous faut de l'équipement, poursuit-il, il y a une boutique près de la

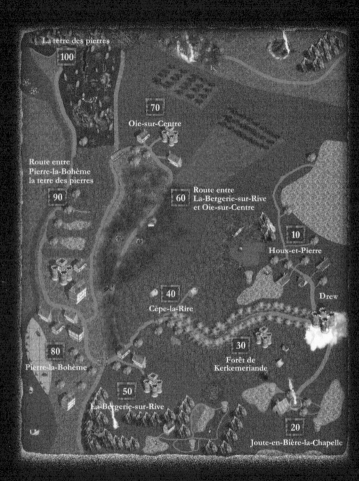

La tête des pierres

100

70

Oie-sur-Centre

Route entre
Pierre-la-Bohème
la tête des pierres

90

60 Route entre
La-Bergerie-sur-Rive
et Oie-sur-Centre

10

Houx-et-Pierre

Drew

40

Cèpe-la-Rire

30

Forêt de
Kerkemeriande

80

Pierre-la-Bohème

50

La-Bergerie-sur-Rive

20

Joute-en-Bière-la-Chapelle

LA CARTE DE LA BARONNIE DE DREW

porte ouest. Soyez discrets en traquant ce démon. Les espions du baron sont partout. Et s'ils découvrent que vous n'êtes pas partis dans les marais, on sera vraiment dans les navets !

— Ce baron a vraiment de drôles de pénitences… s'étonne Jack.

— Dès que vous serez de retour, contactez-moi au parc de la ville. J'y fais une promenade tous les jours, en milieu d'après-midi.

Drew est vraiment une baronnie déroutante. Après tous ces événements insolites, vous remerciez Solaris d'être pris au sérieux par le chevalier Onéor.

Il est maintenant temps de débuter votre traque de la mystérieuse cavalière-démon. Si vous voulez passer par la boutique de Drew, allez au **134**. Sinon, allez au **135**.

2

Voici ce que vous pouvez acheter.

OBJETS	EMPL.	PRIX
ANNEAU D'ESCALADE	Sac à dos	20 pièces d'argent
Contient une seule charge et permet d'escalader très facilement une paroi, pour peu qu'il y ait des prises		
BOUCLIER BOOMERANG	Main gauche	50 pièces d'argent
Réservé aux guerriers, peut être lancé sur un adversaire peu éloigné et lui enlève automatiquement 5 points de vie avant le début du combat		
TOGE TROUBLANTE	Corps	50 pièces d'argent
Réservée aux magiciens, permet de troubler momentanément votre image aux yeux d'un adversaire et augmente de 2 points votre habileté au premier assaut d'un combat		
LANTERNE	Sac à dos	10 pièces d'argent
Très utile quand il fait noir		
POTION MINEURE	Sac à dos	5 pièces d'argent
Permet de récupérer 10 points de vie		

Une fois vos achats terminés, vous pouvez franchir le pont et chevaucher jusqu'à Pierre-la-Bohème (#80) ; sans oublier de faire le test de rencontre aléatoire. Si vous possédez un morceau d'étoffe écarlate, allez au **14**. Si vous possédez un plan de bataille, allez au **6**.

3

Vous saisissez l'artefact et le rangez dans votre sac avec la plus grande des délicatesses. Il faut maintenant que vous rameniez cet objet au mage d'Oie-sur-Centre, qui peut-être vous donnera une bonne récompense. Mais ce n'est pas votre priorité pour l'instant ! Vous revenez dès à présent au village et prenez votre décision.

Si vous partez du principe que le démon est passé par ici la nuit et qu'il a continué à l'ouest comme il a toujours fait depuis le début, vous pouvez vous rendre au prochain village, qui est La-Bergerie-sur-Rive (#50) ; sans oublier de faire le test de rencontre aléatoire. Si vous pensez qu'il serait bien plus judicieux de revenir sur vos pas et de chercher avec une précision méticuleuse le moindre indice qui vous aurait échappé, rendez-vous au **95**.

4

Le paysan vous amène dans un pâturage où chèvres, vaches et moutons profitent du soleil en toute quiétude. La petite carcasse est quasiment intacte. Seul un trou minuscule a été fait dans son museau.

En scrutant les alentours, vous trouvez des traces suspectes. Elles semblent avoir été laissées par un gros animal. En les suivant, vous finissez par arriver dans un

CHUPACABRA,
LE SUCEUR DE CHÈVRES
Habileté : 13   Points de vie : 35

bois où dort un chupacabra, dit « suceur de chèvres » : un énorme chien pourvu d'une queue piquante lui permettant de percer le corps de ses victimes pour ensuite se repaître de leur sang. Le voilà, le tueur de bétails !

Si vous êtes druide, vous savez vous faufiler en forêt et égorgez la bête dans son sommeil.

Sinon, le monstre se réveille à votre approche. Au lieu de s'enfuir, comme on pourrait s'y attendre, l'animal vous attaque ! Le chupacabra a une attaque de queue très violente qui vous perce en profondeur et vous fait horriblement saigner. À partir du moment où la bête vous aura blessé une fois, vous perdrez automatiquement 1 point de vie supplémentaire par assaut.

Dès que vous l'avez vaincu, vous ramenez le corps du monstre au paysan. Pour vous remercier, il honore sa part du marché et vous annonce que le démon a pris la direction de la plaine des châteaux.

Vous soupirez. La plaine des châteaux est un lieu sinistre, à l'ouest d'ici, en proie aux guerres seigneuriales et aux démons.

Vous en avez eu un triste aperçu lors de votre voyage vers Drew. Autant dire que les ennuis ne font que commencer! Vous remerciez le paysan et remontez en selle.

Retournez à la carte et continuez votre route vers l'ouest (#30). À partir d'ici, vous devrez faire un test de rencontre aléatoire, comme d'habitude, entre chaque lieu.

5

Parmi ces gens, un homme encapuchonné vous observe. Il vous toise d'un regard glacial et malin. Lorsque ses yeux se posent sur Jack, il prend aussitôt un air angoissé.

— Non mais, ça ne va pas? Tu es fou?! s'écrie-t-il d'une voix nasillarde et passablement ridicule. Ne sors pas ton crapaud, tu vas te faire repérer!

— Non mais, dis donc! Crapaud toi-même! s'énerve Jack.

— Ah, bravo! Voilà comment tu élèves ton animal, en plus! Tu ne dois pas utiliser assez le fouet. Allez, range-le sinon tout le monde va te sauter dessus...

Ce conseil n'est pas idiot. Les habitants pourraient, voyant une grenouille parler sur votre épaule, penser que vous êtes vous aussi un sorcier! Vous saisissez votre compagnon par surprise et, malgré ses véhémentes protestations, l'enfermez dans votre sac à dos.

— Ah, non! Pas encor... Mmm...

L'étranger semble se calmer.

— Tu dois être nouveau à la confrérie, n'est-ce pas? lance-t-il.

— Euh... C'est-à-dire...

— Ce n'est pas vrai! Après tout ce que j'ai fait pour eux, ils m'envoient un novice pour sauver ma femme. Quel scandale!

— Mais... Je...

— Bon, on va faire ça très simple. De toute façon, on n'a pas le choix. Dès qu'ils monteront Gwevvda sur le bûcher, j'attirerai l'attention sur moi en faisant de la magie. Pendant ce temps, tu te faufileras discrètement derrière le bûcher. Tu auras juste à trancher ses liens de cuir. Fais attention! Ce sont des liens magiques qui repoussent la sorcellerie. Tu as juste à faire ça. Ce n'est pas compliqué, même pour un débutant. Après, Gwevvda et moi, on se débrouillera. Et rappelle-toi, ne sors surtout pas ton crapaud !

— C'est une grenouille. Je vous dis ça parce que sinon elle va s'énerver et...

— Je m'en fiche. Allez, vite ! Ils vont l'amener ! Va te mettre en place !

Quelle méprise ! Cet homme vous a pris pour un sorcier !

Si vous hurlez à tout le monde ce que vous venez de découvrir, rendez-vous au **59**. Si vous décidez d'aider le sorcier à délivrer sa compagne, rendez-vous au **65**. Après tout, cet expert de la magie occulte pourra peut-être vous aider dans votre mission...

6

Vous vous présentez à l'entrée du château et racontez votre histoire aux soldats gardant le pont-levis. L'un d'eux est un capitaine au regard rusé. Il vous observe très longtemps avant de vous juger sincère. Il vous demande de le suivre.

Le seigneur François du Renard — dont le front est orné d'une terrible cicatrice et la joue droite, d'un tatouage représentant une épée — vous félicite chaleureusement.

— Sans ce rapport d'éclaireur, jamais je n'aurais eu assez de cartes en main pour reprendre les terres que j'ai dû céder à ce maudit Jean Du Hibou. Je suppose que vous attendez une récompense, brave aventurier.

Le seigneur vous fait cadeau de 20 pièces d'argent. Puis on vous raccompagne à l'entrée.

Si vous êtes avec Lilish, celui-ci a réussi à chaparder dans le château un objet de valeur qu'il s'empresse de revendre. Comme il n'aurait jamais pu pénétrer dans le château sans votre aide et qu'il tient à vous remercier pour la protection efficace que vous lui apportez, il vous en donne une partie, qui s'élève à 20 pièces d'argent.

Si vous désirez faire un tour dans les boutiques, rendez-vous au **2**. Si vous possédez un morceau d'étoffe écarlate, rendez-vous au **14**. Sinon, vous pouvez franchir le pont et chevaucher jusqu'à Pierre-la-Bohème (#80). N'oubliez pas dans ce cas de faire le test de rencontre aléatoire.

7

Les deux sorciers allient leur magie et ne font qu'une bouchée des soldats qui les attaquent. Bientôt, tous les villageois se sont enfuis.

— Maître! s'écrie Jack, sorti en douce de votre sac à dos.

— Quoi?

— On a volé notre cheval!

— Quel malheur! Qu'est-ce qu'on va faire?

— Bien, on va en chercher un autre à l'écurie, bien sûr.

— Ah oui, pas bête.

— Tu vois que tu as tout à perdre en me fourrant sans cesse dans ton sac sordide. Si je n'étais pas là, tu…

— C'est bon, Jack. Excuse-moi.

Dans l'écurie de l'auberge, vous découvrez deux montures. La première vous séduit d'emblée. Les sorciers prennent la seconde et fuient avec vous en ne cessant de s'embrasser, trop heureux d'être à nouveau ensemble.

Sur le chemin, vous décidez de leur révéler la vérité. De toute façon, ils n'auraient pas tardé à la découvrir. Vous leur racontez donc votre histoire et celle de Jack.

— Eh bien, tu as de la chance, s'écrie la sorcière. Se faire passer pour un sorcier est puni de mort par la confrérie. Mais nous te gracions pour le service que tu nous as rendu.

C'est la moindre des choses, tout de même ! Vous gardez cette remarque pour vous et demandez :

— Vous ne pourriez pas m'aider à retrouver le démon que je cherche ? Il s'agit de sauver la baronnie entière. Vous êtes concernés.

— Bien sûr, sourit le sorcier, cette fois-ci sans la moindre ruse au fond du regard.

Il s'arrête soudainement, fixe le sol, parle un langage incompréhensible pendant quelques minutes, puis s'écrie :

— Il est parti dans la plaine des châteaux.

— Mais comment le savez-vous ? demandez-vous, fort étonné par cette conclusion sans équivoque.

— J'ai demandé au chemin.

— Au chemin ?! s'exclame Jack.

— Laisse tomber, c'est trop compliqué pour toi.

— Dis donc, sorcier de sentier, qu'est-ce que tu sous-entends par là ?

— Rien du tout, crapaud de ruisseau. Tiens, prends ceci.

Il tend alors à Jack un pendentif en pierre de lune.

— Je l'ai enchanté de telle manière que, si tu le montres à n'importe quel membre de la confrérie des sorciers, ils sauront que tu es un ami, précise l'homme.

— Super ! Un objet magique ! jubile Jack, pas rancunier pour un sou.

— Je vous remercie, complétez-vous plus sobrement.

Vous rangez le pendentif dans votre sac (notez-le sur votre fiche de personnage). Il a une certaine valeur ; vous pourrez le revendre pour 10 pièces d'argent dans n'importe quelle boutique.

Puis vient le temps de vous séparer. Passant à côté d'un petit bois, vos nouveaux alliés disparaissent dans la forêt après un dernier signe d'adieu.

Vous voilà reparti sur la piste du voleur. La plaine des châteaux est un lieu sinistre, à l'ouest d'ici, en proie aux guerres seigneuriales et aux démons. Vous en avez eu un triste aperçu lors de votre voyage vers Drew. Autant dire que les ennuis ne font que commencer !

Retournez à la carte et dirigez-vous vers l'ouest (#30). À partir d'ici, vous devrez faire un test de rencontre aléatoire, comme d'habitude, entre chaque lieu.

8

Allongé à terre et désarmé, un soldat se fait dévoré vivant par un aswang !

Lorsque le démon vous aperçoit, il ricane et pousse un gloussement pervers avant de vous bondir dessus !

Si vous parvenez à tuer cet aswang, vous vous précipitez auprès du pauvre soldat. Devant le spectacle de ses entrailles à moitié disparues, vous acceptez la cruelle évidence : il n'y a plus rien à faire pour le sauver. Mais, dans un dernier soupir, il tente de vous dire quelque chose.

— Il… il faut… do… donner… au seigneur Baptis… ur… urgent… démons…

Dans un ultime geste, il dépose un petit parchemin chiffonné et maculé de sang dans votre main. Dessus figure un plan de bataille grossier auquel vous ne comprenez rien.

Vous promettez au soldat de remettre ce plan à son seigneur, mais il est déjà trop tard. Il s'est éteint, le sourire aux lèvres. Vous rangez le mystérieux plan de bataille dans votre sac à dos (notez-le sur votre fiche de personnage).

Ensuite, vous récupérez la mâchoire de l'aswang (notez-la sur votre fiche de personnage). C'est un puissant porte-bonheur. Elle vous permettra, une seule fois, de réussir automatiquement un test de chance.

Vous n'avez pas le temps de dresser une sépulture décente en l'honneur du défunt soldat. Continuez votre chemin au **11**.

9

Vous tombez nez à nez avec un aswang ! Ces démons volants ont pour habitude de monter la garde à quatre autour d'un nid. Vous devez combattre celui qui vous fait face pendant que les autres saisissent les œufs et s'enfuient.

Si vous parvenez à le tuer, vous récupérez sa mâchoire (notez-la sur votre fiche de personnage). C'est un puissant porte-bonheur. Elle vous permettra, une seule

fois, de réussir automatiquement un test de chance.

Allez ensuite au **38**.

10

Au bout du chemin serpentant entre rochers impassibles et herbes hautes mouvantes, vous finissez par arriver dans un tout petit village. Il est composé de granges et de chaumières aux toitures en paille de blé. Le lieu est désert.

— Tout le monde doit être au travail, pensez-vous à voix haute.

— Ah bon ?! s'étonne Jack. Et où sont-ils, alors ?

— Bien, je viens de te le dire : au travail !

— Moi je crois plutôt qu'ils sont dans les champs et près de la rivière. Regarde…

— Mais c'est exactement ce que je… Bon, laisse tomber.

Si vous préférez vous rendre dans les champs où vous apercevez des silhouettes s'affairer à leur rude labeur, allez au **69**. Si votre choix se porte plutôt sur le bord de la rivière où se trouvent apparemment des lavandières, allez au **72**.

11

Vous finissez enfin par quitter cette effroyable route où les hommes s'entretuent inutilement depuis des siècles comme de vulgaires marionnettes.

Retournez à la carte et allez à Oie-sur-Centre (#70). N'oubliez pas de faire le test de rencontre aléatoire.

12

Vous vous rendez à la tanière, mais aucun loup ne s'y trouve. À la place vous

FOU DE LA CAVERNE
Habileté : 7   Points de vie : 20

découvrez un vieil homme affamé. Il vous toise avec démence, sort un long couteau et vous attaque sans détour en hurlant :

— Mort aux escargots ! Vive les torchons !

Si vous parvenez à le tuer, vous revenez voir le paysan et lui racontez tout.

— Quoi ! s'écrie-t-il. Vous avez tué Jojo le fou ?!

— Vous le connaissiez ?

— C'est un ermite complètement timbré qui vole nos poules. Ce n'est pas une grande perte, mais ce n'est sûrement pas lui qui tuait mes bêtes, je l'aurais remarqué ! Les loups ne doivent pas être dans la région en ce moment, un point c'est tout. Vous n'aurez pas votre renseignement tant que vous ne trouverez pas celui qui a tué mes chèvres !

— Mauvais joueur ! s'écrie Jack. C'est toi qui nous as guidés sur une fausse piste !

— Mais non ! proteste l'homme.

— Remarque, ce n'est pas grave. On a tout notre temps. Après tout, ce n'est que le sort de la baronnie qui est en jeu. On ne va pas en faire un fromage…

Si vous lui demandez de vous amener à l'endroit où il a trouvé sa chèvre morte ce matin, rendez-vous au **4**. Si vous refusez de l'aider, vous savez au moins où vous risquez de rencontrer des témoins. Rendez-vous à Joute-en-Bière-la-Chapelle (#20), sans oublier de faire le test de rencontre aléatoire.

13

Le nid d'aswang est au sommet d'une petite crête, dans les collines rousses situées au sud de La-Bergerie-sur-Rive. Ce lieu est si vaste que retrouver les œufs est comme chercher une aiguille dans une botte de foin.

Regardez la carte quadrillée de la crête.

La case numéro 27 représente le nid où se trouvent les œufs. Vous commencez votre recherche sur la case notée « D ».

Comme vous ne savez pas en réalité où se trouve le nid, voici comment se passent vos déplacements.

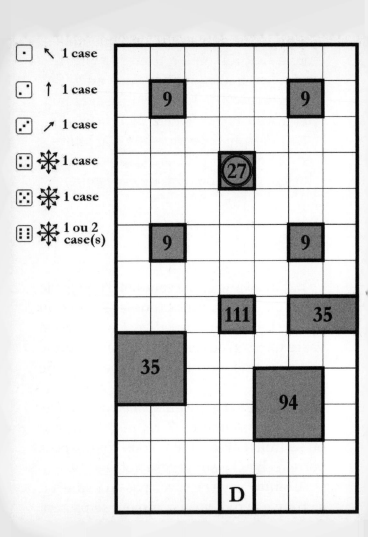

Lancez un dé et faites un mouvement en fonction du score obtenu.

1. Vous avancez d'une case en diagonale à gauche.
2. Vous avancez d'une case vers le haut.
3. Vous avancez d'une case en diagonale à droite.
4. Vous avancez d'une case dans la direction que vous choisissez. Vous pouvez même reculer si vous le désirez.
5. Vous avancez d'une case dans la direction que vous choisissez. Vous pouvez même reculer si vous le désirez.
6. Vous avancez d'une ou deux cases au choix dans la direction que vous choisissez. Vous pouvez même reculer si vous le désirez.

Si vous êtes archer ou si vous êtes accompagné de Lilish, vous êtes plus efficace dans la recherche des œufs. Dans ce cas, vous pouvez choisir d'augmenter de 1 le résultat du dé à chaque jet, mais ce n'est pas obligatoire.

Relancez le dé autant de fois que nécessaire. Dès que vous aboutissez sur une case numérotée, allez au paragraphe correspondant. Si jamais vous sortez de la carte, allez immédiatement au **53**. Vous allez vite vous rendre compte que récupérer les œufs est très difficile. Et vous n'avez droit qu'à un seul essai !

14

Vous vous rendez à la maison de Cufrdks. Le mage vous reçoit très gentiment et écoute vos explications.

— Ah ! s'écrie-t-il. Vous avez donc rencontré mon diablotin ?

Vous lui montrez le morceau d'étoffe écarlate. Il glapit de bonheur et vous serre contre lui.

— Oh merci, merci ! Si vous saviez comme je suis heureux ! Qu'est-ce que je peux faire pour vous ?

— Bien, si vous aviez quelque chose de bon à manger, ce ne serait pas de refus.

— Jack!

— C'est bon, je plaisante…

Vous racontez votre histoire.

— Je comprends, vous dit-il. Vous allez avoir besoin d'aide. Prenez donc ce coquillage. Vous pourrez souffler dedans trois fois. Ça ne fait pas de bruit, mais je l'entendrai quand même. Et à chaque fois, je viendrai vous aider!

Vous le remerciez beaucoup (notez le coquillage Cufrdks sur votre fiche de personnage). Trois fois, et uniquement dans la baronnie de Drew, vous pourrez faire appel à cet homme au début d'un combat. Sa présence à vos côtés augmentera de 1 point votre habileté et de 1 point les dégâts infligés à l'adversaire pour toute la durée de l'affrontement!

Puis le mage enchaîne :

— J'ai effectivement lu quelque chose sur le type de démon très particulier que vous pourchassez. Les démons les nomment par une appellation que l'on peut traduire par : «Notre Dame de la Flamme». Ils sont très puissants, mais il y a pourtant une manière de les tuer d'un coup.

— Un grand coup d'épée dans leur face de myrtilles! s'exclame Jack.

— Jack!!!

— Non. Il faut éteindre le feu qui brûle leur cœur. Pour cela, vous aurez besoin d'une fiole d'huile bénite. Et ça sert aussi pour les liches, ma spécialité.

— Salut collègue! C'est aussi la mienne! interrompt Jack une fois de plus. C'est moi qui ai vaincu l'ignoble liche Delmato!

— JACK!!!

— Bien quoi? Je l'informe. Entre spécialistes des liches, c'est normal.

— De l'huile bénite? reprenez-vous aussitôt, détournant le regard de votre enquiquineur de compagnon.

— Oui. Elle est conçue à base d'une plante que l'on trouve dans le cratère d'un vieux volcan situé au sud de l'archipel des songes perdus.

Bien que n'ayant aucune connaissance de cet endroit, vous acquiescez d'un mouvement de tête. L'heure n'est pas à la curiosité.

— Ça tombe bien, j'en ai une justement! reprend le mage en souriant.

Il se lève, fouille dans une armoire branlante et vous tend une fiole dans laquelle repose un liquide jaune clair (notez l'huile bénite sur votre fiche de personnage). Vous le remerciez chaleureusement. Il s'exclame :

— Enfin, vous n'allez quand même pas partir à cheval ?! Je vais vous téléporter, vous lance-t-il comme si c'était une évidence. Les flux cosmiques me le permettent aujourd'hui. Je vais vous transporter à Pierre-la-Bohème, comme c'est le dernier endroit où, d'après ce que vous m'avez dit, le démon s'est rendu.

— C'est très gentil de votre part.

— Bon allez, ouste maintenant ! s'énerve-t-il. J'ai du travail !

L'homme claque des doigts, et vous vous retrouvez aussitôt dans une clairière, tout près de Pierre-la-Bohème.

— Wow ! s'exclame Jack. J'adore ça !

Vous êtes impressionné par les pouvoirs de cet homme. Mais vous n'avez plus de cheval à présent…

Rendez-vous à Pierre-la-Bohème (#80) sans effectuer de jet de rencontre aléatoire.

15

Vous suivez la piste un long moment avant de remarquer que d'autres petites empreintes de démons, beaucoup plus subtiles à discerner, ainsi que quelques traces de sang, partent dans une direction opposée. Par curiosité, vous les suivez sur quelques mètres et constatez qu'elles se dirigent toutes vers une sombre grotte.

— Tu crois qu'ils sont nombreux, là-dedans ? s'inquiète Jack.

Ne serait-ce pas suicidaire de s'y rendre ? À vous de choisir !

Si vous entrez dans la grotte, rendez-vous au **110**. Si vous préférez continuer sur la piste du cheval, rendez-vous au **71**.

16

C'est du poison ! Bravo ! Vous êtes empoisonné à présent (modifiez votre statut sur votre fiche de personnage) ! La prochaine fois, faites un peu plus attention…

Allez donc vous occuper de la porte en bois au **131**.

17

Vous arrivez au fameux bosquet. Il est composé uniquement d'érables. Vous descendez de cheval et trouvez facilement la grotte qui vous intéresse.

Vous vous faufilez dans une galerie mal éclairée par une torche. Vous découvrez un autel ainsi qu'une idole de pacotille censée représenter une hyène.

— Le sculpteur de cette immondice aurait mieux fait de commencer par apprendre son métier, commente Jack.

Le prêtre apparaît aussitôt. C'est un trentenaire à la mine de vaurien qui vous gratifie d'un sourire charmeur. Il est vêtu d'une ample robe rouge.

— Bonjour mon ami, que puis-je faire pour vous ?

Si vous l'attaquez, rendez-vous au **127**.
Si vous réclamez l'enfant sur le champ,
rendez-vous au **117**.

18

Deuxième grave erreur! Vous n'avez donc
pas compris que les abeilles ne se rendent
jamais dans les alvéoles vertes, comme
celle dans laquelle vous êtes arrivé dans la
ruche? Vous êtes cette fois-ci encerclé de
partout et n'avez guère d'autre issue que le
monde des morts.

Votre aventure se termine ici…

19

D'après les villageois, il existe effectivement dans les parages un très vieux temple
de Rogor, qui n'est plus du tout utilisé. Un
sympathique forestier vous y conduit.

À l'intérieur, vous découvrez une pièce
carrée toute simple au centre de laquelle se
trouve une vieille et magnifique idole du

dieu sanglier. Ses formes arrondies par les âges et son groin fissuré laissent aisément prévoir sa destruction imminente.

Vous soufflez sur la queue de l'idole et, immédiatement, un pan du mur s'ouvre! Vous descendez prudemment un escalier en colimaçon et débouchez dans une petite salle souterraine où repose le fameux morceau d'étoffe écarlate. Il est posé sur un tout petit piédestal. Juste à côté se trouve une boîte transparente remplie à ras bord d'objets magiques.

— Wow! Des tas d'objets magiques! jubile Jack en sautillant comme un fou.

— Attends, Jack!

Si vous possédez un pendentif en pierre de lune, rendez-vous au **97**. Si vous prenez le morceau d'étoffe écarlate, rendez-vous au **3**. Si vous préférez vous occuper des objets magiques dans la boîte en verre, rendez-vous au **130**.

20

Joute-en-Bière-la-Chapelle est une charmante petite bourgade. Ses chaumières en silex et sa grande place pavée, où s'agite d'ailleurs une foule d'habitants surexcités, la rendent typique de la région.

Un coup d'œil sur l'immense bûcher monté à côté du puits vous renseigne aussitôt sur la raison de cet attroupement.

— On va brûler une sorcière! clament les villageois.

Dépité, vous levez les yeux au ciel. C'est vrai qu'avec l'attaque des démons, ils n'ont que ça à faire! Vous mettez pied à terre et attachez votre cheval à un tronc d'arbre.

Si vous vous dirigez vers le cœur de la foule, près du bûcher, rendez-vous au **112**. Si vous préférez faire le tour de l'attroupement et parler aux habitants qui se tiennent un peu à l'écart, rendez-vous au **5**.

21

Lilish explose de joie.

— Donc aussi loin que vous vous dirigerez vers Shap, nous serons associés, c'est ça?

— Oui, répondez-vous du bout des lèvres.

— Mais alors attention, s'impose Jack en bombant le torse. Le chef ici, c'est moi!

Vous expliquez alors à Lilish le but de votre quête.

— Je suis à la recherche d'un démon qui a volé un objet très important. Il s'agit d'une fleur qui n'a aucune valeur, mais qui est très dangereuse.

— Exactement, précise Jack. Mon compagnon a bien appris sa leçon.

— Merci, chef, répond Lilish à la grenouille. J'y vois plus clair maintenant.

En combat, la présence d'un allié vous sera utile. Vous pourrez augmenter votre habileté et les dégâts que vous infligerez de 1 point. Lilish ne reçoit pas de dégâts, car vous vous arrangez pour tout encaisser, vu que ce n'est qu'un enfant. Sa présence sera également appréciable dans beaucoup d'autres circonstances. Le gamin est très léger et montera derrière vous sans que le poids supplémentaire ne gêne votre monture.

Retournez à la carte. Vous partez maintenant en direction de l'ouest (#30). À partir d'ici, vous devrez faire un test de rencontre aléatoire, comme d'habitude, entre chaque lieu.

22

Cette forêt est bien trop vaste. Les gardes ne peuvent pas la sillonner de long en large. Vous vous faufilez adroitement, sans vous faire remarquer.

Rendez-vous au **49**.

23

Dépité par la morgue de cette femme, vous décidez d'en finir tout de suite avec elle.

D'un geste vif, vous arrachez son unique boucle d'oreille. Vous jetez le bijou au sol et l'écrasez rageusement. La vieille femme vous lance un regard soudainement vide avant de tomber au sol, raide morte.

Bon, maintenant il faut s'occuper de la ruche !

Rendez-vous au **43**.

24

Vous pénétrez dans une alvéole ronde beaucoup plus spacieuse que les autres et vous retrouvez enfin face au démon que vous traquez depuis votre départ de Drew. Le voleur du rêve de vent est ici, sur un trône de sang coagulé !

Il s'est métamorphosé en reine abeille, mais a gardé ses tentacules et sa corne surmontée d'une autre tête. Son cœur empli de flammes vertes aussi est toujours là. C'est ce qui vous impressionne le plus. Derrière la reine se trouve une véritable montagne de petits œufs. Elle prononce quelques mots dans une langue démoniaque et incompréhensible avant de vous lancer :

— Mais… qui êtes-vous ?… Qu'est-ce que vous faites là ?

— Je suis venu vous tuer, après avoir tué votre sorcière, répondez-vous fermement.

— Mais comment m'avez-vous découverte ?

— Je vous ai suivie depuis Drew.

— Incroyable. Quel courage, pour un humain ! J'ai été prétentieuse, j'ai laissé trop de témoins de mon passage, c'est ma faute. Mais votre tâche n'a pas dû être de tout repos. Vous êtes un adversaire digne de moi. Je pourrais tourbillonner et appeler mes gardes du corps, mais je crois que je vais bien m'amuser avec vous en combat singulier. Alors en garde !

Immédiatement, la tête au bout de sa corne pousse un cri interminable qui martyrise vos tympans. Vous perdez 2 points d'habileté pour le combat qui va suivre.

Si vous possédez des bouchons de liège, rendez-vous au **66**. Si vous tentez de saisir la cire sanglante de la ruche et de vous en emplir les oreilles, rendez-vous au **121**. Si vous préférez l'affronter tout de suite, malgré ce handicap, rendez-vous au **99**.

25

Sur le bord du chemin se trouve un corbeau à deux têtes qui vous toise étrangement. Dès que vous l'apercevez, il s'envole et pénètre dans un petit bois, comme s'il désirait que vous le suiviez. La curiosité se montrant plus forte que tout, vous entrez dans un sombre et profond bosquet. Le feuillage dense ne laisse pas passer le moindre rayon de soleil ! L'obscurité est telle qu'elle ne vous semble pas naturelle. Comme si une ombre géante planait en ces lieux.

Tout à coup, des yeux orange et fluorescents apparaissent en cercle autour de vous.

— Ne t'inquiète pas, s'écrie une voix nasillarde qu'il vous semble reconnaître comme celle du sorcier que vous avez délivré à Joute-en-Bière-la-Chapelle. Nous ne te voulons aucun mal, aventurier. Nous souhaitons même t'aider dans ta mission, car nous y avons un certain intérêt.

— Êtes-vous membre de la confrérie des sorciers ? demandez-vous.

— Silence ! Écoute-nous ! Le démon que tu cherches vit dans une grotte à laquelle on accède par la grande faille de la terre des pierres. Une des nôtres nous a trahis ; elle se nomme Swazbika. C'était une experte en lien des corps. C'est la raison pour laquelle Notre Dame de la Flamme, le démon que tu traques, lui a proposé un pacte. La créature désirait fusionner avec la fleur. Swazbika a fini par trouver une formule permettant ce tour. C'est une monstruosité hybride et surpuissante qui a vu le jour. Et oui, à l'heure actuelle, le rêve de vent a déjà éclos, et ta proie est devenue si puissante qu'à elle seule, elle pourrait submerger la baronnie entière !

— Ça veut dire que j'ai échoué ?! vous
consternez-vous.

— Non ! Tu as une chance de tuer ce
démon. Dans son antre, il n'est pas seul. Il
s'est multiplié. Tu devras rentrer au cœur de
ce qu'il est pour affronter Notre Dame de la
Flamme. Le meilleur moyen de le tuer est
d'asperger son cœur avec de l'huile bénite.
Mais, avant que tu ne parviennes jusqu'à
lui, Swazbika t'attaquera certainement. Il y
a un moyen d'éliminer cette peste d'un seul
coup, c'est de détruire l'objet magique avec
lequel elle partage son âme. Il s'agit de son
unique boucle d'oreille. Si tu parviens à la
lui arracher, elle mourra aussitôt.

— Merci, je…

— Tu dois te demander pourquoi nous
t'aidons ainsi.

— Euh… Oui.

— C'est parce que notre confrérie n'a
pas à s'allier avec les démons. Tue Swazbika,
c'est tout ce que nous te demandons. Tiens,
prends ces objets. Ils te seront utiles.

Des objets jaillissent du feuillage et
tombent à vos pieds. Notez ceux qui vous
intéressent sur votre fiche de personnage.

Il y a une fiole d'huile bénite (ne la prenez pas si vous en avez déjà une), un bracelet de maladresse permettant de diminuer de 2 points l'habileté d'un adversaire (il ne fonctionne qu'une seule fois) et une potion de puissance extrême (multiplie par 2 les dégâts que vous infligez pendant un combat).

Soudain, tous les yeux disparaissent comme par enchantement. Vous quittez le petit bois, inquiet et intrigué par ce que vous venez d'apprendre. Vous n'avez franchement pas tout compris à ce que les sorciers vous ont dit. Mais heureusement, Jack ne s'en fait pas autant que vous.

— Super! On a fait le plein d'objets magiques!

Retournez à la carte et rendez-vous à la terre des pierres (#100), sans oublier de faire le test de rencontre aléatoire.

26

Voici tout ce que vous pouvez acheter d'intéressant ici.

OBJETS	EMPL.	PRIX
POUDRE ÉMÉTIQUE	Sac à dos	10 pièces d'argent
Dispersée sur un adversaire humain, elle le fera vomir et le pénalisera de 1 point d'habileté durant le combat		
LANTERNE	Sac à dos	5 pièces d'argent
Très utile quand il fait noir		
EAU BÉNITE	Sac à dos	5 pièces d'argent
Annule le statut maudit		
ANTIDOTE	Sac à dos	5 pièces d'argent
Annule le statut empoisonné		

Une fois que vous aurez fait vos emplettes, vous pouvez prendre une décision.

Si vous faites le détour par le nord, rendez-vous sur votre carte à la route entre La-Bergerie-sur-Rive et Oie-sur-Centre (#60) ; sans oublier de faire le test de rencontre aléatoire. Si vous acceptez la mission, rendez-vous au **13**. Si vous savez pourquoi le démon-voleur n'est passé ici qu'il y a trois jours au lieu d'une semaine et que vous avez pu parler avec un démon, rendez-vous au **75**. Si vous devez déposer un blessé dans ce village, rendez-vous au **128**.

27

Vous avez trouvé le nid. Bravo ! Vous placez précautionneusement les œufs dans votre sac (notez-les sur votre fiche de personnage).

— Et si on se faisait une bonne omelette, Maître ? plaisante Jack en se léchant les babines.

Pour l'instant, rien de cassé. Mais saurez-vous sortir d'ici en évitant les aswangs ?

Faites un test de chance (si vous êtes archer ou accompagné de Lilish, vous réussissez automatiquement). Si le résultat est positif, vous sortez des collines rousses sans problème. Si vous échouez, vous devez combattre un aswang qui vous a repéré !

Si vous tuez cet aswang, vous récupérez sa mâchoire (notez-la sur votre fiche de personnage). C'est un puissant porte-bonheur. Elle vous permettra, une seule fois, de réussir automatiquement un test de chance.

Le jeune homme que vous retrouvez à La-Bergerie-sur-Rive est émerveillé par votre exploit. En récompense, il vous donne 30 pièces d'argent.

— Comme je m'intéresse aux oiseaux, déclare-t-il, je suis très ami avec un fermier qui élève secrètement un griffon dans sa grange. Ne le répétez pas, car c'est interdit dans cette baronnie ! Il s'en sert pour voyager la nuit et parfois il permet aux voyageurs de l'utiliser contre de l'argent. Dites-lui que vous venez de ma part.

Vous le saluez d'un regard entendu et foncez vers le sud dans la direction qu'il vous a indiquée. Rendez-vous au **6**.

28

Vous allez devoir affronter le soldat à mains nues !

Si vous parvenez à le tuer, un autre soldat arrive et vous attaque !

> Si vous l'attaquez, rendez-vous au **44**.
> Si vous vous laissez mener au seigneur, rendez-vous au **31**.

29

Vous croisez un chasseur qui vous renseigne. Le démon est parti vers l'ouest, c'est-à-dire vers le village de Cèpe-la-Rire. Vous remerciez ce brave homme et reprenez votre traque.

À la lisière de la forêt, vous découvrez un cheval sauvage qui se prélasse à l'ombre d'un chêne. Son allure athlétique et sa musculature puissante vous séduisent. Cette bête ferait une excellente monture, en remplacement de celle que vous avez dû laisser de l'autre côté de la forêt.

Si vous possédez du parfum d'amiche, vous lui faites respirer, et la bête ne veut plus vous lâcher !

Sinon, si vous êtes druide, vous calmez la bête et l'enfourchez sans problème.

Si vous êtes un guerrier, vous finissez par vous imposer, mais une ruade de la bête vous fait perdre 2 points de vie.

Si vous êtes archer ou magicien, cette bête se révèle très coriace. Testez votre dextérité (ND 6) jusqu'à ce que vous réussissiez. À chaque échec, la bête vous fait perdre 2 points de vie.

Dès que vous aurez votre nouvelle monture, vous foncez vers Cèpe-la-Rire (#40) ; sans oublier de faire le test de rencontre aléatoire.

30

Jack consulte l'encyclopédie et n'est pas peu fier de vous apprendre quelque chose.

— L'antique et mystérieuse forêt de Kerkemeriande est le fief du seigneur Jean du Hibou. Le seigneur y a fait construire son château. Les créatures féroces de la forêt lui assurent une protection efficace contre les armées de son adversaire : François du Renard, le seigneur de La-Bergerie-sur-Rive.

En questionnant les habitants du village, vous apprenez que le démon que vous chassez est entré dans la forêt. Ils n'en savent pas plus. D'après eux, seuls les gardes du château pourront vous renseigner sur la direction qu'a prise la cavalière-démon à l'intérieur des bois.

Vous apprenez également que les soldats de Jean du Hibou viennent juste d'intercepter un message précisant que François du Renard a engagé des assassins. Par conséquent, tout suspect est aussitôt arrêté. Il va falloir cependant que vous trouviez un moyen pour traverser ce lieu surprotégé. Pour plus de discrétion, vous laissez votre monture à l'orée du bois.

Peu après, vous marchez sur un petit sentier forestier. Par endroits, la terre est rouge sombre. Cette forêt est très ancienne, et vous croisez de vieux arbres aux racines gigantesques : chênes, tilleuls, séquoias, noisetiers, hêtres… Des araignées n'arrêtent pas de tomber sur vos épaules, et des papillons aux couleurs multiples volettent autour de vous. Les insectes sont ici en surnombre, et vous devez fermer la bouche pour ne pas les avaler par mégarde. Au contraire, Jack l'ouvre grand et sautille pour en gober le maximum !

— Miam !

Si vous êtes avec Lilish ou si vous êtes archer, rendez-vous au **22**. Sinon, testez votre perception (ND 7). Si vous réussissez, rendez-vous au **22**. Si vous échouez, rendez-vous au **47**.

31

Vous êtes traîné dans de sombres couloirs de pierre jusqu'à la salle principale du château. Là se trouve un petit homme très poilu, sur une estrade de bois surplombée par un blason représentant un hibou avalant un lombric. Il fait signe aux soldats de vous placer face à lui.

— Alors? s'écrie-t-il d'une voix éraillée. Tu voulais me tuer, n'est-ce pas?

— Pas du tout, je…

— Ts, ts, ts… Je ne vais pas te torturer, je préfère m'en prendre à ton petit compagnon.

Un des soldats s'avance et vous présente votre ami Jack, une dague sous la gorge. La grenouille vous lance un regard implorant.

— Alors, vous allez avouer? déclare le seigneur.

— Je me suis introduit dans votre forêt pour une autre raison. Je suis en mission, envoyé par le chevalier Onéor. Je recherche un démon.

— Ah bon? Je connais bien Onéor. Alors, quelle expression utilise-t-il tout le temps? « On n'est pas dans les… »

Quelle est votre réponse? Choux, rendez-vous au **45**; navets, rendez-vous au **87**; charrues, rendez-vous au **77**.

32

Grave erreur! Cette alvéole est remplie d'abeilles! Vous faites demi-tour et tentez de vous enfuir, mais vous êtes transpercé par un dard qui vous fait perdre 3 points de vie. Et comme un malheur n'arrive jamais seul, l'alerte est déclenchée dans la ruche!

> Réfléchissez bien. Si vous fuyez dans une alvéole rouge, rendez-vous au **18**. Si vous fuyez dans une alvéole verte, rendez-vous au **123**.

33

Ce voyage en bateau devrait vous faire gagner beaucoup de temps. Vous embarquez aussitôt. Le vieux marin alcoolique est seul maître à bord. Il se sert de ses voiles d'une étrange façon. Si bien que vous ne tardez pas à heurter la berge et tombez dans l'eau!

Il vous faut nager jusqu'à la rive. Derrière vous, le rafiot sombre dans les profondeurs avec son capitaine. Vous perdez 2 points de vie.

— La prochaine fois, choisis un marin plus malin! bougonne Jack en s'ébrouant.

— Reste calme. On n'insulte pas un mort.

Vous trouvez assez facilement la route entre Pierre-la-bohème et la terre des pierres. Continuez votre périple à pied (#90), sans oublier de faire le test de rencontre aléatoire.

34

Vous vous démenez comme un beau diable. Mais il n'y a rien à faire. Ils sont trop nombreux. Pour vous dissuader de toute tentative de fuite, un soldat vous frappe violemment (vous perdez 2 points de vie).

Rendez-vous au **122**.

35

Vous êtes dans un endroit où le bruit de vos pas se répercute en un écho assourdissant. Testez votre chance (si vous êtes archer ou accompagné de Lilish, vous réussissez automatiquement).

Si vous réussissez, revenez au **13** et continuez. Si vous échouez, les aswangs vous remarquent et, redoutant que vous ne soyez un éclaireur, ils se saisissent des œufs et s'enfuient. Rendez-vous alors au **38**.

36

Le fermier, un petit homme grassouillet au rire bon enfant, est un riche propriétaire qui ne semble dépendre d'aucun seigneur. Vous lui racontez ce qui vous amène et comment vous avez sauvé les œufs de la coquecigrue. Le fermier accueille votre demande avec chaleur.

— Un animal si rare! s'écrie-t-il. Jamais je ne ferais payer un homme comme vous!

Vous lui serrez aussitôt la main. Peu après, vous chevauchez en sa compagnie ce fantastique animal au pelage doré.

Haut dans le ciel, vous avez une vue imprenable sur toute la baronnie et les marais ténébreux qui s'étendent au sud. Comme la bête reluque Jack d'un œil glouton, vous enfermez ce dernier dans votre sac, une fois de plus.

— Décidément, grommelle la grenouille. Je crois que je vais m'installer une chambre là-dedans!

En tout cas, félicitations, vous avez trouvé un sacré raccourci!

On vous dépose dans une clairière assez proche du village de Pierre-la-Bohème. Vous saluez le fermier et contemplez le griffon qui reprend majestueusement son envol et disparaît au loin. Reprenez votre chemin, mais notez que vous n'avez plus de cheval à présent.

Rendez-vous au village de Pierre-la-Bohème (#80), sans effectuer le test de rencontre aléatoire.

37

Plus vous remontez la mystérieuse galerie, plus les hurlements de la vieille femme vous paraissent d'une démence sans limite !

Vous arrivez dans une petite caverne aménagée en repaire de sorcières, avec tous les accessoires qui vont avec : chaudrons, colliers de têtes de rats, becs de corbeaux, plantes en tous genres et même un lit et des armoires contenant de la nourriture. Vous vous approchez dans le dos de la vieille femme qui est en train de hurler ses paroles mystiques. Celle-ci, avertie par vous-ignorez-quoi, fait soudain volte-face. Elle cesse aussitôt ses incantations et vous toise d'un air ébahi.

— Mais… Qui êtes-vous ?! s'écrie-t-elle d'une voix rauque.

— Je suis venu récupérer et détruire le rêve de vent.

— C'est trop tard ! Je vais vous le montrer, votre rêve de vent ! ricane-t-elle.

Elle pointe son doigt crochu vers la voûte de la grotte. Vous levez les yeux et découvrez une immense sphère en lévitation. Cette dernière change sans arrêt de couleur, passant du rouge au vert et au violet. La sorcière est tellement fière de ce qu'elle a accompli qu'elle ne peut s'empêcher de tout vous expliquer.

— Voici la fleur ! Hé oui, elle est éclose ! C'est le couronnement de ma puissance ! Cela fait deux jours que moi, Swazbika, j'ai accompli le plus grand acte de sorcellerie de tous les temps ! J'ai réussi à lier un démon avec le rêve de vent ; ce qui a donné la grande ruche ! Peut-être avez-vous croisé certaines de ses gentilles abeilles ? Hé, hé, hé… Dans quelques jours, lorsque la ruche aura atteint sa pleine puissance, d'autres reines seront engendrées. Et elles créeront d'autres ruches !

— Pourquoi aidez-vous ces démons ?

— On m'a promis une place de choix à la cour d'un dieu d'une autre dimension. Après tout, je suis si vieille que je n'ai plus rien à perdre. L'immortalité est une issue séduisante.

— Une folie, vous voulez dire !

— Assez perdu de temps! J'étais en pleine séance, et vous m'avez dérangée! Vous allez le payer!

Si vous possédez un pendentif en pierre de lune, rendez-vous au **23**. Si ce n'est pas le cas, rendez-vous au **120**.

38

Vous n'avez pas trouvé les œufs. Ne désirant pas perdre plus de temps, vous prenez le chemin du nord.

Rendez-vous à votre carte (#60) sur la route entre La-Bergerie-sur-Rive et Oie-sur-Centre. N'oubliez pas le test de rencontre aléatoire.

39

Ces abeilles ne sont pas très coriaces. Mais en groupe, elles deviennent assez fortes.

Si vous parvenez à les tuer, vous continuez votre chemin à travers les alvéoles vertes et finissez par vous perdre.

Lancez un dé. Si vous obtenez un chiffre impair, vous tombez sur un faux-bourdon, une abeille mâle qui se fiche éperdument des couleurs des alvéoles.

Si vous parvenez à la tuer, relancez un dé. Vous devrez combattre une abeille mâle chaque fois que vous referez un chiffre impair.

Si vous arrivez à tirer un chiffre pair, rendez-vous au **24**.

40

Vous questionnez tous les habitants de ce village forestier. La plupart sont bûcherons, charbonniers ou menuisiers. Malheureusement, tous vous répondent négativement :

— Non, personne n'a vu votre démon. Mais il peut être passé la nuit, quand nous nous terrons dans nos logis. Les bois regorgent de démons.

Qui sait, votre cible a peut-être bifurqué entre la forêt et ce village.

— Sachant que nous sommes en fin d'après-midi, le calcul est facile à faire pour savoir si le démon est passé ici la nuit ! s'écrie Jack.

— Eh bien alors, fais-le.

— Oh, ça, c'est une tâche de sous-fifre. Occupe-t'en donc !

Bon, il faut vous rappeler quand vous et le démon êtes partis de Drew.

Si vous partez du principe que le démon est passé par ici la nuit et qu'il a continué vers l'ouest, comme il l'a toujours fait depuis le début, vous pouvez vous rendre au prochain village, qui est La-Bergerie-sur-Rive (#50), sans oublier de faire le test de rencontre aléatoire. Si vous pensez qu'il serait bien plus judicieux de revenir sur vos pas et de chercher avec une précision méticuleuse un indice qui vous aurait échappé, rendez-vous au **95**. Enfin, si vous avez parlé, dans la forêt de Kerkemeriande, à une créature qui vous a demandé de faire quelque chose ici, rendez-vous au **19**.

41

La reine des abeilles-démons est morte, ainsi que sa sorcière ! Autrement dit, la grande ruche ne peut plus proliférer ! Vous venez de sauver la baronnie de Drew ! Félicitations !

Mais vous n'êtes pourtant pas au bout de vos peines, car une étrange voix retentit dans votre tête, la voix caverneuse d'un démon en colère.

— Misérable humain ! Tu m'as tué dans l'œuf, moi, l'esprit de la ruche ! Le démon le plus dévastateur d'entre tous, qui a colonisé des planètes entières ! Lunémael, le démon maître, ne voudra plus de moi. Mais je peux toujours me venger ! Prépare-toi à mourir, aventurier de malheur !

C'est alors que l'esprit de la ruche apparaît devant vous : une tête fantomatique hideuse qui vous lance de dangereuses attaques psychiques ! C'est maintenant l'esprit du rêve de vent que vous allez devoir combattre !

Si vous êtes druide, votre maîtrise de l'esprit vous permet de résister à ses attaques ; vous n'avez donc pas à affronter cet adversaire, qui ne peut vous blesser.

Si vous parvenez à le tuer, un éclair blanc vous éblouit, et vous vous retrouvez

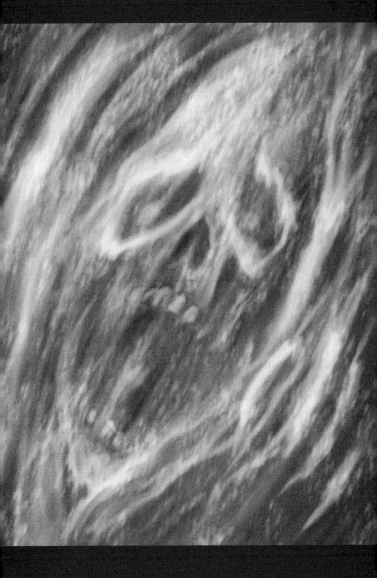

ESPRIT DU RÊVE DE VENT
Habileté : 17   Points de vie : 30

dans la petite chambre de la sorcière, allongé au sol. Vous levez les yeux au plafond et n'apercevez plus qu'un long et étroit boyau. Plus aucune trace de la sphère. Vous avez gagné !

— Yahou ! s'écrie Jack. C'est super ! Mais il y a une chose que je n'ai pas comprise, maître.

— Quoi donc ?

— Finalement, on n'a jamais vu de navets dans cette histoire ?

Rendez-vous au **200**.

42

À peine la fleur détruite, vous entendez la sorcière hurler à la mort dans son jardin. Vous avez fait le bon choix.

À travers la fenêtre, vous apercevez son cadavre. De la fumée violette lui sort des yeux. Vous fouillez sa chaumière, mais ne trouvez rien d'intéressant à récupérer. Jack, lui, découvre des vers de terre à deux têtes qu'il s'empresse d'avaler goulûment.

— C'est doublement succulent! se félicite-t-il.

Vous reprenez ensuite votre chemin. Rendez-vous au **29**.

43

Testez votre chance. Si vous êtes chanceux, en fouillant une armoire de la sorcière, vous découvrez deux potions intermédiaires, qui vous permettent de récupérer 20 points de vie chacune. Si vous êtes malchanceux, vous n'en trouvez qu'une.

Vous débusquez un escabeau de bois dont la sorcière devait se servir pour atteindre la sphère lumineuse. Vous escaladez les marches une à une. Ce qui vous étonne, c'est qu'il n'y ait aucune présence d'abeilles par ici. Peut-être le haut de la ruche cache-t-il un boyau permettant à ces démons de remonter à la surface? Comme cela, la sorcière pouvait être tranquille pour travailler à ses sortilèges de renforcement.

Arrivé juste sous la sphère, vous tentez de la toucher, mais votre main passe à travers sa surface! Vous n'avez jamais rien rencontré d'aussi étrange.

— Si on entrait? propose Jack.

— Tu vois une porte où frapper? rétorquez-vous sur un ton d'ironie.

— Tu n'as qu'à passer ta tête dedans, gros malin!

Pourquoi pas, après tout? Vous montez sur la marche supérieure et entrez dans la ruche.

Vous débouchez dans une alvéole hexagonale baignée par une lumière verte. Les parois sont noires, et une sorte de liquide graisseux ressemblant à du sang y coule. Cet endroit est bien plus grand que ne le paraît la ruche vue de l'extérieur.

— Incroyable! vous exclamez-vous.

— Il n'y a rien d'incroyable là-dedans, glousse Jack. Nous avons rapetissé, c'est tout.

Le reste de votre corps monte les dernières marches de l'escabeau et, bientôt, vous pénétrez complètement dans la sphère. À cet instant, la lumière passe du vert au rouge.

Soudain, une abeille géante apparaît, transportant des petites boules de sang coagulé qu'elle place dans des orifices prévus à cet effet. Finalement, la créature finit par vous apercevoir. Elle prend peur et s'enfuit aussitôt.

Trois issues permettent de quitter l'alvéole. La première donne sur une alvéole baignée de lumière violette, la deuxième, de lumière rouge et la troisième, de lumière verte.

Laquelle choisissez-vous?

— Si j'étais toi, conseille Jack, eh bien… Je réfléchirais sérieusement avant de choisir.

— Merci du conseil, soupirez-vous. Heureusement que tu es là.

— Je sais. Je sais…

Dans quelle alvéole pénétrez-vous? La violette (rendez-vous au **32**), la rouge (rendez-vous au **89**) ou la verte (rendez-vous au **123**).

44

Vous allez devoir affronter cet autre soldat, toujours à mains nues.

Si vous parvenez à le tuer, un autre soldat arrive et vous attaque.

Si vous l'attaquez, rendez-vous au **28**.
Si vous vous laissez mener, rendez-vous au **31**.

45

— Je m'en doutais! s'écrie le seigneur. Tuez-le!

Vous recevez trois flèches dans le ventre (vous perdez 3 points de vie). Jack se met à hurler juste avant que le soldat ne l'égorge.

— Non! Ne l'écoutez pas, c'est un nul! Moi je connais la réponse, c'est les navets! Onéor est roux et il a une moustache!

— Ne tirez pas! ordonne le seigneur. La grenouille dit vrai!

Une fois n'est pas coutume ; votre compagnon vient de vous sauver la vie ! Rendez-vous au **87**.

46

— Allez, s'écrie le geôlier. Le seigneur va te recevoir.

Un soldat entre dans le cachot, ouvre votre cellule et vous embarque. Vous vous retrouvez seul avec lui tandis qu'il vous fait arpenter les couloirs de pierre.

Si vous profitez de ce moment pour tenter de vous enfuir, rendez-vous au **28**. Si vous vous laissez mener, rendez-vous au **31**.

47

Vous tombez sur une patrouille de soldats qui vous arrêtent immédiatement ; ils vous prennent pour un assassin en voulant à leur seigneur. Ils raillent l'incompétence des assassins de François du Renard avant de vous assommer.

Rendez-vous au **114**.

48

Les portes d'entrée ont été défoncées au bélier. À l'intérieur, la tomette est devenue écarlate à cause du sang qui y a coulé. Avec une mezzanine desservie par un escalier en colimaçon, ce lieu vous fait penser aux manoirs à la mode il y a trois siècles. D'après les blasons que vous découvrez sur les morts, ce sont des soldats de Jean du Hibou qui se sont battus ici. Des aswangs, des lémures et des dizaines d'autres sortes de démons sont également éparpillés partout.

Les coups sourds proviennent de l'aile ouest.

Si vous vous y dirigez, rendez-vous au **113**. Si vous préférez visiter l'aile est, rendez-vous au **55**.

49

Vous suivez un chemin tenaillé entre fougères et hêtres. Soudain, vous sentez une odeur bizarre, presque euphorisante.

Si vous êtes druide, rendez-vous au **124**. Sinon, rendez-vous au **92**.

50

La-Bergerie-sur-Rive, fief de François du Renard, est un village plutôt conséquent. Situé sur la rive est du fleuve Perfide, c'est un lieu important servant au transport d'hommes et de marchandises.

Vous questionnez les passants. L'un d'eux, un jeune homme frisé au regard distrait, vous répond avoir vu le voleur.

— C'était il y a trois jours. Votre démon a repoussé tous les gardes du pont avec ses tentacules et a traversé le fleuve vers Pierre-la-Bohème. Mais le pont a été brûlé avant-hier par les soldats de François du

Renard. Ce dernier, ne se suffisant plus de sa guerre avec Jean du Hibou, en a déclenché une autre avec Baptiste de la Taupe.

— Mais pourquoi ont-ils tous des noms d'animaux, par ici ? s'interroge Jack.

— Peut-être parce que leurs relations sont empreintes d'une certaine animosité, Jack…

— Ah, ah… Très drôle…

L'homme semble se demander à quoi rime votre échange. Vous enchaînez :

— Alors, qu'est-ce que je peux faire ?

— Euh… Vous pouvez toujours monter au nord en suivant la route. Mais je vous préviens que, par là, c'est la guerre et c'est vraiment très violent. Vous arriverez à Oie-sur-Centre, où le pont n'est pas détruit. Du moins pas encore… En redescendant la rive, de l'autre côté, vous rejoindrez Pierre-la-Bohème. C'est le seul moyen. Dans le sud, il n'y a que des collines sauvages et puis après vous arrivez dans les marais.

— Ça fait un sacré détour ! Je n'ai pas d'autre solution ?

— Si, je connais bien une personne qui pourrait vous aider ; en passant par les airs. Mais j'ai un petit coup de main à vous demander…

— Demandez toujours.

— Je possède une volière et j'ai une collection d'oiseaux, dont une coquecigrue. En ce moment, elle est déprimée et se laisse mourir, car ses œufs ont été volés par un aswang. Elle ne retrouvera le moral que si je les lui rends tous. Si vous me ramenez les œufs, je vous ferai rencontrer cette personne. Je ne dis pas qu'elle acceptera de vous aider, ni que ce sera gratuit, mais je vous la ferai rencontrer.

Vous savez que les aswangs sont de redoutables démons ! Cette mission ne sera pas de tout repos.

Si vous savez pourquoi le démon-voleur n'est passé ici qu'il y a trois jours au lieu d'une semaine et que vous avez pu parler avec un démon, rendez-vous au **75**. Si vous devez déposer un blessé dans cette ville, rendez-vous au **128**. Si vous n'êtes dans aucun de ces cas, vous pouvez faire le détour par le nord, sur votre carte par la route entre La-Bergerie-sur-Rive et Oie-sur-Centre (#60), en faisant le test de rencontre aléatoire ; acceptez la mission (rendez-vous au **13**) ou allez à la boutique du village (rendez-vous au **26**).

51

Pendant que vous tentez de traverser la corniche, un aswang, probablement chargé de garder la grotte, vient vous harceler dans l'espoir de vous faire tomber dans le précipice !

Si vous faites deux 1 de suite au dé d'assaut, le démon aura réussi à vous faire

perdre l'équilibre. Vous devrez alors tester votre dextérité (ND 6). Si vous réussissez, vous serez stabilisé mais, si vous échouez, vous serez tombé et, par la même occasion, mort !

Si vous parvenez à le tuer, vous récupérez sa mâchoire (notez-la sur votre fiche de personnage). C'est un puissant porte-bonheur. Elle vous permettra, une seule fois, de réussir automatiquement un test de chance.

Ensuite, vous arrivez au bout de la corniche et entrez dans la grotte. Elle donne sur un labyrinthe de galeries naturelles formées par l'espace entre des rochers empilés les uns sur les autres. Combien de temps allez-vous mettre à tout explorer ?

Vous le saurez au **82** !

52

Profitez bien de cette boutique, car vous avez comme l'intuition que vous allez bientôt affronter de terribles épreuves.

OBJETS	EMPL.	PRIX
BÉRET DE HARDIESSE	Tête	50 pièces d'argent
Réservé aux archers, permet de tirer deux flèches d'un seul coup et donc de doubler les dégâts reçus par l'adversaire au premier assaut		
BÂTON D'ENTRELACS	Main droite	50 pièces d'argent
Réservé aux druides, permet de désorienter momentanément un adversaire et diminue de 2 points son habileté au premier assaut d'un combat		
EAU BÉNITE	Sac à dos	5 pièces d'argent
Annule le statut maudit		
ANTIDOTE	Sac à dos	5 pièces d'argent
Annule le statut empoisonné		
POTION DE PUISSANCE	Sac à dos	15 pièces d'argent
Ajoute un bonus de +2 aux dégâts infligés pendant 1 assaut		

Une fois que vous aurez effectué tous vos achats, revenez au #80 et faites un autre choix.

53

Vous fouillez dans une mauvaise direction. Jamais vous ne trouverez les œufs !

Rendez-vous au **38**.

54

Vous suivez la piste du cheval pendant assez longtemps, sans qu'il ne se passe rien d'intéressant. Finalement, lorsque vous sortez du bois, vous constatez avec stupeur que vous vous trouvez au village de La-Bergerie-sur-Rive !

Rendez-vous directement au #50, sans effectuer le test de rencontre aléatoire.

55

Ici se trouvent toutes les chambres. Enfin, c'est ce que vous en déduisez d'après la taille des pièces. Car elles ont été vidées de tout ameublement. Les cadavres se font également plus rares.

— Celui-ci! s'écrie Jack. Regarde son ventre, il respire encore!

Vous vous agenouillez près du blessé inconscient. Il s'est pris une violente griffure dans les reins. Tout autour de lui se trouve une dizaine de flacons vides. Ce soldat est dans un triste état. Il doit être entré dans une forme de coma qui retarde l'inévitable échéance.

> Si vous possédez une potion intermédiaire ou si vous êtes druide et qu'il vous reste une utilisation de vos dons de guérisseur, vous pouvez tenter de sauver ce soldat (rendez-vous au **62**). Sinon, vous ne pouvez vraiment rien pour lui. Le déplacer serait l'achever à coup sûr. Mieux vaut vous occuper de votre mission. Vous vous dirigez alors vers l'aile ouest du manoir (rendez-vous au **113**).

56

Ils sont beaucoup trop nombreux! Vous finissez fatalement par tomber sur deux soldats qui vous attaquent aussitôt en poussant des cris sauvages. Ce sont des archers. Défendez-vous!

Si vous parvenez à les vaincre, vous entendez d'autres voix hurler :

— Des démons! Ils sont derrière, courez!

Une nouvelle fois, il va falloir foncer! Mais si d'horribles créatures sont en train de se faufiler dans les herbes hautes jusqu'à vous, aurez-vous le temps de fuir?

Effectuez un test de chance. Si vous le réussissez, vous parvenez à vous enfuir sans aucun problème grâce à la rapidité de votre cheval. Vous reprenez alors la route (rendez-vous au **11**). Si vous échouez, rendez-vous au **68**.

ARCHERS

Habileté : 13   Points de vie : 30

57

Vous tombez dans un petit lac niché au fond de la faille circulaire. Un étrange petit poisson rouge à la peau phosphorescente y nage placidement.

Si vous désirez le toucher, rendez-vous au **79**. Si vous préférez le laisser tranquille et sortir de l'eau, rendez-vous au **129**.

58

La pauvre bête n'a pas le temps de souffrir. Vous allez à la fenêtre voir si la sorcière est toujours là, mais elle a disparu du jardin ! Vous l'entendez alors éclater de rire tandis qu'elle apparaît à l'entrée de la chaumière.

— Pauvres imbéciles, vous n'avez aucune chance contre moi !

Rendez-vous au **119** pour la combattre.

59

Lorsqu'il comprend sa bévue, le sorcier peste aussitôt et vous attaque.

À chaque tour, en plus du dé d'assaut, vous lancerez un autre dé, car le sorcier vous attaquera à l'aide de sa magie occulte. Si vous obtenez 5, il aura prononcé une incantation mystique qui doublera les dégâts que vous recevrez pour cet assaut. Si vous obtenez 6, il vous aura immobilisé, et vous ne pourrez plus lui faire perdre de points de vie pendant deux assauts.

Au bout de 2 assauts, des gardes arriveront pour vous aider, et vous pourrez augmenter votre habileté de 2 points.

Si vous parvenez à le tuer, un prêtre de Solaris, pour vous remercier de votre aide, vous remet une bourse de 30 pièces d'argent.

Rendez-vous au **88**.

SORCIER
Habileté : 16   Points de vie : 25

60

Sur cette route, deux seigneurs se livrent une guerre si impitoyable que tous les civils de la région se sont enfuis. Les hameaux et les champs sont complètement vides. Vous longez également une forêt dont il ne reste que des cendres et des troncs calcinés. Quel spectacle apocalyptique!

Vous finissez par croiser un groupe de quatre soldats qui s'approchent de vous avec méfiance. Leur blason représente un renard devant un terrier de lapin.

Le capitaine des soldats s'avance et vous demande :

— Dans quel camp êtes-vous? Celui du seigneur François ou dans celui du seigneur Baptiste?

Réfléchissez bien…

Si vous répondez que vous êtes pour François, rendez-vous au **115**. Si vous préférez Baptiste, rendez-vous au **76**.

61

Les pierreux aperçoivent votre trophée et vous sourient. Vous leur expliquez, à l'aide de grands gestes, que vous et Jack œuvrez pour chasser les démons. Les pierreux se regardent alors dans les yeux, semblant communiquer par télépathie. Puis le champion part dans une maison et revient, portant avec lui un étrange casque de pierre. Vous le mettez aussitôt (notez-le sur votre fiche de personnage) et constatez avec surprise qu'il vous rend plus léger. Grâce à lui, vous serez plus vif pour débuter les combats et infligerez automatiquement 5 points de dégâts supplémentaires à un adversaire au premier assaut.

Puis tous les pierreux vous saluent de la main ; vous comprenez alors qu'il est temps de partir.

Vous trouvez de l'herbe de pierre, qui pousse partout sur ce rocher. Son absorption vous permet de perdre votre poids et, du même coup, de faire des bonds de géant ! Vous pouvez en prendre autant que vous voulez, mais l'effet ne dure que jusqu'à la fin de cette aventure.

Vous en utilisez pour sauter de l'autre côté de la faille et reprenez votre recherche. Retournez à la carte à la terre des pierres (#100).

62

Le soldat réagit très bien à vos soins. Il ouvre les yeux et vous sourit difficilement.

— Qui êtes-vous? susurre-t-il dans un souffle fatigué.

— Je suis un chevalier errant et solitaire, répond Jack en frimant. Je galope dans le désert au soleil couchant et je traque les démons.

— Ah oui, vous avez plus de classe que moi. Je suis tombé au tout début de la bataille. Je n'ai même pas réussi à blesser le moindre ennemi, quelle honte! Je ne peux plus me déplacer. Vous n'allez pas me laisser là? Ma femme habite à La-Bergerie-sur-Rive, pas très loin d'ici. Elle pourra s'occuper de moi. C'est elle qui insistait toujours pour que j'aille au combat avec autant de potions. Sans ces dernières, cela ferait longtemps que je serais mort. Si vous me ramenez à ma chérie, je vous assure une récompense conséquente.

De toute façon, vous n'avez guère le choix. Vous ne l'avez pas soigné pour le laisser agoniser douloureusement. Vous le prenez par-dessus votre épaule et sortez du manoir. Puis vous l'allongez à côté de votre cheval.

— Il faut que je fouille ce manoir, lui expliquez-vous. Une fois que je saurai ce qui s'est passé ici, je vous ramènerai.

Vous le laissez donc à l'extérieur, espérant qu'aucun démon ne rôde dans les parages.

Vous repartez ensuite visiter le manoir. Rendez-vous au **113**.

63

Ce combat ne va pas être de tout repos !

Si vous le tuez, l'autre soldat se remet péniblement de sa défaite. Vous descendez de cheval et l'aidez à se relever. Il s'écrie alors d'un ton hâbleur :

— Mais tu n'arbores pas le blason de Baptiste de la Taupe ! Connais-tu le mot de passe ?

Vous répondez par la négative et précisez que vous n'êtes pas contre lui. Mais il est trop tard. L'homme remonte en selle et vous attaque sauvagement ! Décidément, Drew est une baronnie de fous furieux !

Si vous parvenez à le vaincre, vous fouillez les corps des deux soldats et trouvez 20 pièces d'argent, ainsi qu'une potion mineure.

Vous reprenez à nouveau votre route, espérant qu'aucune péripétie ne vienne une fois de plus menacer votre vie.

— Tu peux toujours rêver, lance Jack qui a deviné vos pensées.

Rendez-vous au **125**.

CAVALIER SOLDAT BLESSÉ

64

Vous saisissez les deux cornes du démon. Chacune d'elles possède une réserve de force magique. Dès que vous en sucerez la pointe, vous gagnerez 1 point d'habileté, le temps d'un combat. Une corne ne s'utilise qu'une fois. Vous fouillez ensuite la grotte, mais ne trouvez rien d'intéressant.

Déçu par ce détour peu utile (enfin, ça fait toujours cinq démons de moins!), vous reprenez la piste du cheval au **71**.

65

Le sorcier se concentre puis un éclair venant du ciel s'abat sur la foule et affole les villageois. Vous vous faufilez tandis qu'un deuxième éclair achève de rendre la population hystérique. Les soldats censés garder le bûcher paniquent et cherchent désespérément qui a pu lancer ces sorts. Pendant ce temps, vous vous glissez derrière la structure de bois pour aller délivrer la sorcière.

Le souci, c'est que les liens sont très résistants. En plus d'être immunisés à la magie, ils sont enchantés et brûlent toute personne tentant de les détruire. Si vous êtes un guerrier, vous les coupez sans problème.

Sinon, il faudra mener des assauts contre le lien qui possède une habileté de 7. Bien entendu, il n'y a que vous qui perdez des points de vie, pas votre adversaire. Le combat s'arrête lorsqu'au cours du même assaut, les liens ont perdu deux fois plus de points de vie que vous, ce qui signifie que vous les avez tranchés.

Rendez-vous alors au **7**.

66

Grâce au bouchon, vous n'entendez plus le terrible crissement. L'oni avait dit vrai ! Vous n'êtes donc pas concerné par le malus de 2 points d'habileté pour le combat à venir.

Rendez-vous au **99**.

67

La lavandière est tellement heureuse de retrouver son enfant qu'elle n'écoute qu'à demi-mot ce que vous lui racontez. Elle vous remercie chaleureusement et s'écrie :

— J'aimerais tellement pouvoir vous récompenser, mais je n'ai rien. Toutefois, pour ce que vous m'avez raconté par rapport au démon, je me suis souvenu d'une chose. Lilish, le fils de mon voisin, m'a dit avoir vu passer un démon. Il a renversé plusieurs étals avec ses tentacules au marché de Joute-en-Bière-la-Chapelle. Vous devriez aller l'interroger.

Vous la remerciez et partez à la recherche de Lilish, que vous trouvez très rapidement. C'est un jeune garçon fluet au visage malicieux.

— Le démon est parti en direction de la plaine des châteaux, déclare-t-il.

Vous soupirez. La plaine des châteaux est un lieu sinistre, à l'ouest d'ici, en proie aux guerres seigneuriales et aux démons. Vous en avez eu un triste aperçu lors de votre voyage vers Drew. Autant dire que les ennuis ne font que commencer !

— J'aimerais faire un bout de chemin avec vous, poursuit le garçon. Je ne supporte plus cette baronnie. Elle est trop malsaine. Il paraît que la cité de Shap est remplie de grandes fortunes. Je voudrais tenter ma chance là-bas. On raconte qu'on peut prendre le bateau pour Shap au village de Pierre-la-Bohème.

— Tu veux quitter ta famille ?

— J'ai été adopté. Et ils ne m'aiment pas.

— Bon. Qu'est-ce que tu pourrais m'apporter ?

— Personne au village ne l'a jamais su, mais j'ai travaillé deux fois pour la guilde des mécréants de la ville de Drew. Si vous saviez ce que j'ai pu chaparder, les demeures que j'ai infiltrées…

— Fais attention ! Nous pourrions te dénoncer à la garde, taquine Jack.

Lilish, le chapardeur.

Une fois remis de sa surprise de voir votre grenouille parler, Lilish enchaîne aussitôt :

— Ce n'est pas votre genre, je le vois bien. Et je pourrais vraiment vous être utile dans ces terres. Je sais me faufiler en territoire dangereux, prendre un adversaire par surprise et manier la dague à la perfection.

Cet enfant ne vous dit rien qui vaille, mais ce qu'il vous propose paraît honnête. Le souci, c'est qu'avec les voleurs, on n'est jamais vraiment sûr...

Si vous acceptez de le prendre avec vous, rendez-vous au **21**. Si vous refusez, rendez-vous au **118**.

68

Il va falloir affronter un groupe de quatre lémures !

Si le combat dure plus de 5 assauts, vous serez contaminé par ces horreurs et obtiendrez le statut maudit.

LÉMURES

Habileté : 9   Points de vie : 35

Si vous parvenez à les vaincre, vous arrachez leurs huit yeux (notez-les sur votre fiche de personnage). Chacun d'eux, empli d'un liquide régénérateur, vous permet de récupérer 1 point de vie si vous le gobez.

Retournez ensuite sur la route au **11**.

69

Certains paysans s'occupent de labourer les champs à l'aide de bœufs tirant placidement leurs charrues. D'autres s'occupent de tondre la laine des moutons avec de longs ciseaux. Aucun d'entre eux ne semble avoir vu le démon.

Finalement, vous trouvez au fond d'une grange un géant blond aux dents trop longues qui, tout en aidant une de ses chèvres à mettre bas, vous exprime avec rage :

— Oui, je l'ai vu votre démon ! Il ressemblait à une femme qui poussait tout le monde avec ses tentacules. Il avait un cœur vert qui brûlait et une corne bizarre. C'était au marché de Joute-en-Bière-la-Chapelle.

— Par où est-il parti ?

— Ça semble louche son histoire, ajoute Jack.

— Ne croyez pas que je vais vous le cracher comme ça ! Va falloir m'aider, les gars !

— Que voulez-vous ?

— Depuis quelques jours, mes bêtes se font trucider ! Quelqu'un leur fait de minuscules trous et leur aspire le sang ! Je suis sûr que ce sont ces maudits loups, au nord ! Trouvez leur tanière, tuez-les, ramenez-moi un de leurs corps comme preuve, et je vous dirai ce que vous voulez savoir.

Qu'allez-vous faire ? Si vous acceptez d'aider le paysan, rendez-vous au **12**. Si vous préférez lui demander de vous amener à l'endroit où il a trouvé sa dernière chèvre morte, rendez-vous au **4**. Si vous refusez de l'aider, vous savez au moins où vous risquez de rencontrer des témoins. Rendez-vous alors à Joute-en-Bière-la-Chapelle (#20), sans oublier de faire le test de rencontre aléatoire.

70

Cette ville est quasiment identique à La-Bergerie-sur-Rive, si ce n'est qu'elle est encore plus importante. Après Drew, c'est la deuxième cité de la baronnie. Le rare commerce qui parvient encore à perdurer dans la région passe par ici. C'est la raison pour laquelle c'est le seul endroit de la plaine des châteaux où l'on trouve encore des négociants, des représentants, des camelots, des transporteurs...

Cette ville est également le fief de Baptiste de la Taupe. Il contrôle les lieux grâce à des patrouilles omniprésentes.

Si vous possédez un morceau d'étoffe écarlate, rendez-vous au **14**. Si vous possédez un plan de bataille, rendez-vous au **6**. Si vous désirez faire un tour dans la boutique, rendez-vous au **2**. Vous pouvez également franchir tout de suite le pont et chevaucher jusqu'à Pierre-la-Bohème (#80), sans oublier de faire le test de rencontre aléatoire.

71

Vous suivez la piste du cheval pendant assez longtemps, sans qu'il ne se passe rien d'intéressant. Finalement, lorsque vous sortez du bois, vous constatez avec stupeur que vous vous trouvez au village de La-Bergerie-sur-Rive !

Rendez-vous directement au #50, sans effectuer le test de rencontre aléatoire.

72

Les lavandières sont agenouillées au bord de l'eau. Elles trempent le linge, le rincent, le battent et l'étendent sur des fils noués autour de branchages. Elles sont en train de papoter en gloussant de temps à autre. Lorsque vous arrivez, toutes se taisent.

Vous les interrogez longuement mais, malheureusement, aucune d'elles ne semble avoir vu passer le démon.

Alors que vous vous apprêtez à repartir, une petite femme nerveuse vous aborde :

— Vous êtes un aventurier ? entame-t-elle avec une voix flûtée.

— Oui, répond Jack. Mais autant te le dire tout de suite, tu n'as aucune chance avec moi, ma jolie. Je n'accepterais d'épouser qu'une reine ou une princesse !

— À la bonne heure ! Ce n'est pas ce que je veux. Je vous en supplie, aidez-moi, ils ont capturé mon fils ! La plupart des habitants de ce village sont membres d'une secte. Ils veulent sacrifier mon fils sur leur autel pour éviter les mauvaises récoltes. Ils le gardent prisonnier dans une grotte, pas loin d'ici.

La femme tombe à genoux en sanglotant et vous supplie.

— Ah ! s'exclame Jack. Cette dame a besoin de moi ! Il faut l'aider.

Souvenez-vous que risquer votre vie pour sauver cet enfant, c'est aussi risquer la dernière chance de la baronnie d'échapper à ce qui naîtra du rêve de vent.

Si vous acceptez, rendez-vous au **17**. Sinon, vous refusez et lui conseillez d'aller à Drew parler aux soldats du baron. Vous préférez quitter ce village où le démon n'est apparemment pas passé. Vous vous rendez alors à Joute-en-Bière-la-Chapelle (#20), sans oublier de faire le test de rencontre aléatoire.

73

Lorsqu'elle comprend qu'elle est en difficulté, la reine se met à tourbillonner et fait appel à ses gardes du corps qui arrivent aussitôt.

Désormais, à chaque assaut, vous perdrez automatiquement 2 points de vie de plus, car ces abeilles vous harcèleront.

Revenez au **99**.

74

La galerie lumineuse se trouve juste en face de vous, légèrement en hauteur. Comme les lémures ne lèvent jamais la tête et n'ont globalement aucune perception de ce qui se passe au-dessus d'eux, un grand saut devrait vous permettre de traverser sans inquiétude.

Vous absorbez tout ce que vous avez récupéré comme herbe de pierre et, d'un simple bond, vous passez par-dessus les démons sans qu'aucun d'entre eux ne vous remarque.

Rendez-vous au **37**.

75

Chez un bouchonnier, vous parvenez à trouver une paire de bouchons de liège parfaitement adaptés à vos oreilles. Grâce à eux, vous pouvez vous couper totalement du monde auditif. Si ce que vous a dit l'oni est vrai, Notre Dame de la Flamme va avoir une petite surprise! Le coût est très modique : 1 pièce d'argent. Que vous fassiez cet achat ou pas, vous devez ensuite reprendre votre quête.

Si vous devez déposer un blessé dans cette ville, rendez-vous au **128**. Sinon, vous pouvez faire un détour par le nord (rendez-vous sur votre carte à la route entre La-Bergerie-sur-Rive et Oie-sur-Centre (#60)), accepter la mission (rendez-vous au **13**), ou vous rendre d'abord à la boutique du village (rendez-vous au **26**).

76

Le groupe de soldats vous attaque aussitôt. Il est composé du capitaine, d'un guerrier et de deux archers. À chaque assaut, lancez un dé; si vous obtenez 6, un archer aura malencontreusement touché un épéiste avec un projectile, et le groupe perd 3 points de vie.

GROUPE DE SOLDATS
Habileté : 13   Points de vie : 40

Sur leurs cadavres, vous trouvez 30 pièces d'argent.

Vous reprenez ensuite votre chemin au **81**.

77

— Je m'en doutais! s'écrie le seigneur. Tuez-le!

Vous recevez trois flèches dans le ventre (vous perdez 3 points de vie). Jack se met à hurler juste avant que le soldat ne l'égorge.

— Non! Ne l'écoutez pas, c'est un nul! Moi je connais la réponse, c'est les navets! Onéor est roux et il a une moustache!

— Ne tirez pas! ordonne le seigneur. La grenouille dit vrai!

Une fois n'est pas coutume; votre compagnon vient de vous sauver la vie! Rendez-vous au **87**.

78

Vous vous réveillez exactement à l'endroit où vous vous êtes endormi. Un parchemin est posé sur votre ventre. Il vous indique : « Je ne savais pas que vous étiez ami ; je vous prie de m'excuser pour ce désagrément. »

Qu'est-ce que cela peut bien vouloir dire ?

Vous haussez les épaules et reprenez votre chemin. Rendez-vous au **29**.

79

La lumière phosphorescente qui se dégage du poisson possède des vertus curatives dont vous profitez avec ravissement. Vous regagnez tous vos points de vie, et pourrez augmenter votre habileté de 1 point pour tous les combats jusqu'à la fin de cette quête.

Voyant la lumière de ce poisson diminuer dangereusement, vous le relâchez.

Petit à petit, il retrouve sa couleur d'origine. Ouf... Pendant un instant, vous avez eu peur d'avoir trop abusé de cette créature prodigieuse.

Vous remontez alors à la surface :

— Jack! vous écriez-vous. Il y a dans ce bassin un poisson qui semble doté du pouvoir de régénération infinie! Ses propriétés uniques pourraient intéresser les plus grands scientifiques de Gardolon, voire faire notre fortune et notre célébrité! Nous deviendrions ceux qui ont découvert le poisson pouvant rendre l'humanité immortelle! Nous pourrions vendre notre découverte pour un million de pièces d'or, au moins!

Jack sort alors de l'eau en rotant.

— Mmmm! Rarement gobé un poiscaille aussi goûteux!

Vous restez immobile, estomaqué.

— Non... Jack, tu... rassure-moi, tu n'as pas mangé le poisson?

— Mais oui. Il avait un petit goût de fraise, d'ailleurs.

Vous vous arrachez les cheveux. Et voilà! Vous venez de rater l'affaire du siècle!

Il ne vous reste plus qu'à reprendre une fois de plus votre vie d'aventurier minable.

Rendez-vous au **129**.

80

Cette ville est très fréquentée pour deux raisons. Elle est située entre deux rivières, et un bateau part tous les jours à destination de Shap, réputée terre de paix et d'harmonie où de nombreux drewois désirent évidemment émigrer.

Vous posez des questions sur le démon à quelques badauds et, effectivement, ceux-ci l'ont vu passer il y a trois jours et prendre la route du nord, qui mène à la terre des pierres, un désert de rochers sans intérêt.

Eh bien, vous voilà renseigné !

Si vous êtes avec Lilish, rendez-vous au **83**. Si vous désirez faire un tour à la boutique, rendez-vous au **52**. Si vous vous renseignez à propos du bateau qui remonte la rivière, rendez-vous au **93**. Vous pouvez aussi partir en suivant la route entre Pierre-la-Bohème et la terre des pierres (#90), sans oublier le test de rencontre aléatoire.

81

Quasiment toute la forêt a été brûlée. La grisaille s'étend à perte de vue. Vous entendez soudainement des bruits de lames entrechoquées. Vous accélérez l'allure et apercevez deux cavaliers en plein combat.

Chacun doit servir un seigneur différent. Un des combattants a clairement le dessus sur l'autre, qui finit par tomber au sol, vaincu par une feinte redoutable. L'autre chevalier s'apprête à l'achever.

Si vous prenez la défense du plus faible et attaquez le cavalier pour sauver sa victime, rendez-vous au **63**. Si vous estimez que cette histoire ne vous regarde pas, qu'après tout c'est la guerre, rendez-vous au **125**.

82

Vous entendez au loin des râlements inarticulés typiques des lémures. Vous vous dirigez à travers le labyrinthe d'interstices, guidé par le bruit. Peu après, vous débouchez en haut d'une caverne colossale. Vous surplombez une trentaine de lémures qui semblent s'échanger leurs matières visqueuses en se frottant les uns aux autres.

— Beurk… fais Jack en grimaçant.

Vous êtes tombé sur un nid. Au fond de la caverne, un autre couloir déverse une lumière tantôt verte, rouge ou violette. Vous y entendez la voix d'une vieille femme hurler des incantations auxquelles vous ne comprenez rien. Qui sait à quelles horreurs les démons se livrent en ces lieux ?

Si vous possédez de l'herbe de pierre, rendez-vous au **74**. Si vous possédez un anneau d'éclair et qu'il vous reste au moins une charge, rendez-vous au **86**. Sinon, rendez-vous au **96**.

83

Il est maintenant temps de quitter votre jeune compagnon. Celui-ci vous aura rendu service plus d'une fois, et son absence se fera sentir. Mais son objectif était de prendre le bateau pour Shap, et il est atteint. En fait, son départ ne vous attriste pas du tout. Vous vous sentez même soulagé de ne plus avoir ce mécréant à vos côtés. Il finira probablement au gibet de Shap, comme des milliers d'autres avant lui.

Le garçon vous donne une brève accolade, vous remercie et s'en va au port sans jeter le moindre regard en arrière. Pour lui, vous n'étiez qu'un simple garde du corps.

Et un pigeon de plus! Car juste avant de partir, ce vaurien vous a fait les poches et vous a dérobé 30 pièces d'argent (si vous les avez)! Effectuez un test de perception (ND 8) pour voir si vous vous en rendez compte à temps. Si vous réussissez, vous le rejoignez en courant et lui donnez une taloche dont il se souviendra longtemps. Si vous échouez, vous pouvez dire adieu à cet argent.

Retournez à la carte (#80) et effectuez un autre choix.

84

Vous ouvrez les portes qui donnent sur un escalier s'enfonçant dans des ténèbres inquiétantes. Si vous avez une lanterne ou de quoi faire de la lumière, ne vous gênez pas. Sinon, vous descendez dans un abîme obscur. Filtrant à travers l'encadrement des portes, la lumière matinale vous permet de distinguer où vous mettez les pieds, même sans éclairage.

LÉMURES
Habileté : 9   Points de vie : 35

Vous arrivez dans une salle où sont entreposés toutes sortes d'outils agricoles et de jardinage, ainsi que quatre lémures qui, visiblement, se sont retrouvés enfermés ici. Ils se jettent sur vous en léchant leurs babines visqueuses !

Si vous les combattez sans lumière, vous les distinguez à peine et diminuez de 2 votre habileté durant ce combat. Si le combat dure plus de 5 assauts, vous serez contaminé par ces horreurs et deviendrez maudit.

Si vous parvenez à les vaincre, vous arrachez leurs huit yeux (notez-les sur votre fiche de personnage). Chacun d'eux, empli d'un liquide régénérateur, vous permet de récupérer 1 point de vie si vous le gobez.

Vous remontez donc à l'extérieur et pénétrez dans le manoir. Rendez-vous au **48**.

85

Vous avez bien fait d'être prudent. En effet, derrière vous, vous entendez des bruits de combat et des hurlements de démons à n'en plus finir.

Vous finissez par revenir sur la route et apercevez que le rassemblement de démons de tout à l'heure n'est plus là. Vous désirez en profiter, mais, juste au moment où vous alliez repartir, vous entendez des appels à l'aide venir d'un bosquet.

Si vous allez sauver le malheureux en difficulté, rendez-vous au **8**. Si vous redoutez un piège, ou que vous en avez marre de cette route, vous pouvez reprendre votre chemin au **11**.

86

La trentaine de lémures disparaît d'un seul coup, comme par magie. Il ne reste que des petits tas de cendres un peu partout ! Bravo !

Bien que cette caverne ait d'innombrables sorties, vous décidez d'aller voir ce qui se passe au bout du tunnel lumineux.

Rendez-vous au **37**.

87

Se rendant compte qu'il a commis une grave méprise, le seigneur s'excuse et vous donne 50 pièces d'argent pour se faire pardonner. Puis on vous rend votre équipement, et vous sortez du château. Vous l'avez échappé belle !

Rendez-vous au **49**.

88

La sorcière brûle en poussant un hurlement inhumain. Au contact des flammes, des jets de lumière violette jaillissent de son corps. Puis elle se tait et trépasse définitivement. Satisfaits, les habitants se dispersent.

Dans les rues du bourg, une fois le calme revenu, vous finissez par rencontrer une vieille marchande de fruits qui arrive à peine à marcher. Elle vous assure d'une voix tremblante qu'elle a vu passer un démon il y a une semaine, en plein milieu du marché de Joute-en-Bière-la-Chapelle. Le monstre a renversé plusieurs étals avec ses tentacules pour se frayer un chemin.

Vous lui demandez aussitôt dans quelle direction est partie la cavalière-démon.

— Elle a pris la route de la plaine des châteaux.

Vous soupirez. La plaine des châteaux est un lieu sinistre, à l'ouest d'ici, en proie aux guerres seigneuriales et aux démons. Vous en avez eu un triste aperçu lors de votre voyage vers Drew. Autant dire que les ennuis ne font que commencer !

Dirigez-vous donc vers l'ouest (#30). À partir d'ici, vous devrez faire un test de rencontre aléatoire, comme d'habitude, entre chaque lieu.

89

Vous rencontrez une abeille en train de transporter du sang coagulé. Dès qu'elle vous aperçoit, elle lâche ses boules rouges et s'enfuit. Quelques secondes plus tard,

une autre abeille, beaucoup plus agressive, vous attaque aussitôt !

Si vous parvenez à la tuer, vous pouvez vous rendre dans une alvéole baignée de lumière violette (rendez-vous au **32**) ou verte (rendez-vous au **123**).

90

Bien qu'il n'y ait pas trop de monde sur cette route, vous risquez tout de même de faire de mauvaises rencontres.

Si vous êtes à cheval, faites un test de rencontre aléatoire. Si vous êtes à pied, vous en faites trois, car la route est longue !

Sur le chemin, vous rencontrez la carriole de ce cher vieux Pit! Rendez-vous au **137** pour voir ce qu'il a à vous proposer. Il vous arrive également un autre événement si vous possédez un pendentif en pierre de lune. Dans ce cas, rendez-vous au **25**. Sinon, rendez-vous à la terre des pierres (#100); sans oublier le test de rencontre aléatoire.

91

Des chaudrons, des colliers de souris blanches, des têtes de corbeaux… Cet endroit ressemble beaucoup à un repaire de sorciers. Vous fouillez partout, mais ne trouvez aucune trace du rêve de vent. Visiblement, les démons se livraient ici à des expériences de sorcellerie. Vous ignoriez qu'ils en étaient capables. Ou alors ils avaient un sorcier avec eux, mais cela vous semble peu probable…

Aucun corps ne correspond au démon que l'on vous a décrit. Vous espérez de toutes vos forces que la fouille de ce manoir ne se termine pas sans la moindre piste à suivre. Pendant vos recherches, vous découvrez une potion à l'odeur très agréable.

Si vous l'avalez, rendez-vous au **16**. Si vous préférez rester prudent, vous la reposez et vous dirigez vers la porte en bois (rendez-vous au **131**).

92

Votre vue se fait de plus en plus trouble. Vous vous affaiblissez et finissez par vous évanouir, à bout d'énergie.

Si vous possédez un pendentif en pierre de lune, rendez-vous au **78**. Sinon, allez au **136**.

93

Le grand bateau qui amène les émigrants vers Shap vient juste de partir. Cependant, vous découvrez dans le port un tout petit rafiot. Le capitaine, une bouteille de rhum à la main et à moitié ivre, vous explique que, pour 10 pièces d'argent (si vous avez toujours votre cheval, vous le vendez pour cette somme précisément avant d'embarquer), il peut vous faire remonter la rivière jusqu'au bout de la route du nord, c'est-à-dire sur la terre des pierres.

Le bateau a l'air en très mauvais état, et sa coque semble avoir été rafistolée hâtivement avec des planches peu adaptées.

Si vous acceptez l'offre du marin, rendez-vous au **33**. Sinon, retournez à la carte (#80) et faites un autre choix.

94

Vous vous trouvez sur un haut plateau qui permet aux aswangs de vous apercevoir. Redoutant que vous ne soyez un éclaireur, ils se saisissent des œufs et s'enfuient.

Rendez-vous au **38**.

95

Vous avez de la chance! En revenant vers l'est, vous mettez à peine quelques minutes pour trouver un relais pour chevaux où le palefrenier vous raconte avoir vu passer le démon. Et il vous le décrit parfaitement!

— D'ailleurs, ajoute-t-il, vu la direction qu'il a prise, ça ne m'étonnerait pas qu'il soit allé au vieux manoir. C'est un véritable nid à démons là-dedans. Je vous ferais cramer tout ça, moi. Enfin, on en voit moins ces derniers temps. Peut-être bien qu'un seigneur s'en est enfin occupé. En tout cas, moi je vous déconseille d'y aller seul si vous tenez à votre peau.

— Pas de problème, s'écrie Jack. Je suis là.

— N'importe quoi. Comme si un simple mortel pouvait y changer quelque chose!

Vous vous cachez les yeux avec les mains (la scène suivante, jugée trop choquante par l'éditeur, a été censurée). Sachez juste qu'après sa rencontre avec Jack, le pauvre palefrenier a dû entièrement reconstruire son relais!

Peu après, vous voici devant le fameux manoir, en plein cœur de la forêt. À l'entrée de cette vieille bâtisse se trouve une trentaine de cadavres. Il y a des dépouilles de démons et de soldats. Une féroce bataille a eu lieu ici. Les corps n'ont même pas été retirés. L'herbe est maculée de sang séché. Mouches, rats et charognards s'en donnent à cœur joie. Quant à l'odeur, n'en parlons pas.

— Pouah…

Il vous semble entendre des coups provenir de l'intérieur du manoir. Votre cœur se serre. Quelque chose ou quelqu'un a survécu à la bataille.

Si vous entrez dans le manoir par la porte, rendez-vous au **48**. Si vous préférez passer par une trappe juste à côté qui doit probablement mener à une cave, rendez-vous au **84**.

96

Vous n'avez pas le choix. Il va falloir tous les tuer ! C'est un combat de titan qui vous attend. Heureusement, les lémures sont si lents qu'ils mettent un temps infini à réagir à votre attaque. Vous pouvez donc vous placer dans un coin pour éviter de les affronter en même temps. De plus, l'échange de matière auquel ils se livrent pour d'obscures raisons les affaiblit quelque peu. Ayez confiance, tout n'est pas perdu !

Commencez donc par le premier groupe de ces créatures. Pour chaque combat, s'il dure plus de 5 assauts, vous serez contaminé par ces horreurs et deviendrez maudit.

Si vous parvenez à tous les vaincre, vous trouvez 30 yeux de lémures, chacun d'entre eux pouvant vous faire récupérer 1 point de vie. Bien que cette caverne ait d'innombrables sorties, vous décidez d'aller voir ce qui se passe au bout du tunnel lumineux.

Rendez-vous au **37**.

PREMIER GROUPE DE LÉMURES
Habileté : 11   Points de vie : 30

Allez, courage, il n'en reste que deux !

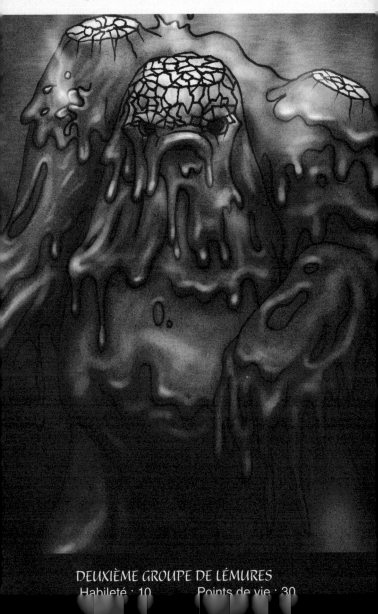

DEUXIÈME GROUPE DE LÉMURES
Habileté : 10   Points de vie : 30

Vous arrivez au bout ; ce n'est pas le moment de flancher !

TROISIÈME GROUPE DE LÉMURES
Habileté : 11   Points de vie : 25

97

Quelque chose se matérialise soudainement au centre de la salle. Des feux-follets dorés sortent des murs de pierre et se réunissent pour former un sanglier lumineux.

— Que les sorciers qui hantent mes forêts et leurs alliés maudits soient punis pour l'éternité ! hurle-t-il en vous bondissant dessus.

Il va falloir combattre cet adversaire divin !

Si vous parvenez à le vaincre, vous pouvez :

Prendre le morceau d'étoffe écarlate (rendez-vous au **3**) ou vous occuper des objets magiques dans la boîte en verre (rendez-vous au **130**).

98

Bien entendu, chez les démons, c'est chacun pour soi. Dès que vous lui laissez une

AVATAR DE ROGOR
Habileté : 14   Points de vie : 30

chance de survivre, l'oni trahit son chef
sans le moindre remords et vous raconte
tout :

— Le démon que tu cherches s'appelle
Notre Dame de la Flamme, avoue-t-il. Je lui
obéis parce que c'est Lunémael qui me le
demande.

— Qui c'est, Lunémael ?

— Notre chef à tous.

— C'est lui qui veut faire éclore la
fleur ?

— Oui, mais, grâce à la sorcière, Notre
Dame de la Flamme veut tenter quelque
chose : fusionner avec le rêve de vent. Elle y
était presque parvenue quand ces raclures
d'humains sont arrivées ! Mais, dans son
autre cachette, elle réussira.

— Où est sa cachette ?

— Je ne sais pas.

— Ça ne me suffit pas !

Vous menacez l'oni de votre arme.

— Attendez ! Je peux vous parler de
Notre Dame de la Flamme. Vous n'avez
aucune chance de la vaincre sans quelques
conseils.

— D'accord, vas-y.

— Elle a une tête au bout de sa corne qui libère des sons que vous, humains, ne supportez pas. Il faudra vous boucher les oreilles très efficacement. Et n'utilisez surtout pas de la cire, car ces sons la traversent. Le mieux est de vous les boucher avec du liège !

— Vas-y ! s'écrie Jack. Maintenant, tue-le !

— Jack, un peu d'honneur, voyons ! On lui a promis.

Jugeant les renseignements qu'il vous a donnés suffisants, vous laissez le démon seul dans sa grotte, agonisant. Le temps qu'il se soigne et qu'il puisse à nouveau se déplacer pour alerter ses congénères, vous espérez bien être très loin !

Rendez-vous au **71** pour continuer de suivre la piste du cheval.

99

Si vous possédez de l'huile bénite, rendez-vous au **116**. Sinon, les tentacules de la reine sont une arme redoutable, et vous allez vous en rendre compte assez vite ! Si vous parvenez à réduire ses points de vie à 30, rendez-vous aussitôt au **73**. Par la suite, dès que ses points de vie auront atteint 15, rendez-vous au **133**.

Une fois que vous aurez ramené ses points de vie à zéro, rendez-vous au **41**.

100

Quelques habitations se trouvent en bordure de la terre des pierres. Parmi elles, il y a celle d'un guérisseur. Si vous lui donnez 30 pièces d'argent, il peut vous soigner et vous rendre tous vos points de vie.

Vous rencontrez également quelques habitants, pour la plupart des chasseurs et des bûcherons. Ils vous racontent qu'ils ont vu le démon tentaculaire entrer dans la terre des pierres. Ils vous avertissent cependant que ce lieu, un austère désert de rochers, est rempli de démons sanguinaires depuis quelques semaines. Vous les remerciez et, ne pouvant entrer à cheval en ce lieu, vous leur vendez le vôtre (si vous l'avez conservé) pour 20 pièces d'argent.

Lorsque vous pénétrez dans le désert, vous êtes stupéfait par l'aspect singulier des lieux. La terre des pierres est un gigantesque amas de rochers de différentes formes, déposés anarchiquement les uns sur les autres.

Voici la carte des lieux ; vous pénétrez dans le désert au niveau de la lettre « D ». Chaque fois que vous arrivez dans une zone numérotée, rendez-vous au paragraphe correspondant.

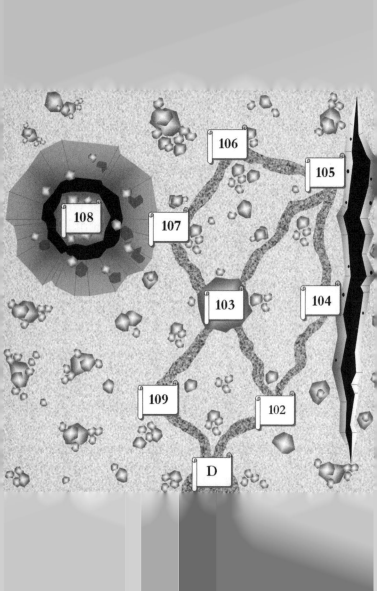

Entre chaque endroit, vous risquez de faire une rencontre aléatoire. Mais cette zone étant peu peuplée, les chances qu'elles se produisent sont moins élevées. Aussi, vous enlèverez 1 au résultat du dé déterminant si vous faites ou non une rencontre. Pour savoir quelle créature vous devez affronter, ne faites pas comme d'habitude. Lancez un dé. Si vous obtenez un chiffre pair, rendez-vous au **195** ; sinon, rendez-vous au **196**. Et maintenant, bon voyage dans la terre des pierres !

101

Heureusement, vous savez parler le diablotin ! Et ça tombe bien, car la créature semble avoir quelque chose à vous demander.

— Ah, je suis content de pouvoir parler avec toi. Peut-être vas-tu pouvoir m'aider, si tu parviens à sortir d'ici.

— Dis toujours…

— Je sers un mage. J'étais à la recherche d'un objet très important pour lui, car il pourrait grandement l'aider dans ses travaux. Un esprit de cette forêt venait tout juste de m'en révéler l'emplacement lorsque, malheureusement, j'ai été capturé par les soldats de cet abruti de seigneur.

— Ce n'est vraiment pas de veine, ça, ironise Jack.

— Si jamais ce dernier est clément avec toi et te laisse partir, va à la ville de Cèpe-la-rire. Dans le temple de Rogor, tu trouveras une idole du dieu sanglier. Tu devras souffler sur sa queue, et un passage secret s'ouvrira alors. Là, tu pourras trouver l'objet. Il s'agit d'un morceau d'étoffe écarlate. Tu devras aussitôt le ramener chez mon maître. Il s'appelle Cufrdks et habite à Oie-sur-centre. Attention, dans le temple, tu ne dois surtout pas...

Mais le geôlier l'interrompt, et il n'a pas le temps de terminer sa mise en garde.

Rendez-vous au **46**.

102

Si vous êtes déjà venu à ce paragraphe, il ne s'y passe plus aucun événement intéressant. Retournez à la carte de la terre des pierres (#100) et poursuivez votre exploration.

Sinon, vous vous faites attaquer par un lézard géant de la terre des pierres. Ces immondes reptiles sont connus pour leur goût immodéré de la chair humaine !

Si vous parvenez à le vaincre, continuez votre route sur la terre des pierres (#100).

103

Vous passez sur cet immense rocher qui est malheureusement un véritable nid à lémures ! Quatre d'entre eux vous assaillent. Si le combat dure plus de 5 assauts, vous serez contaminé par ces horreurs et deviendrez maudit.

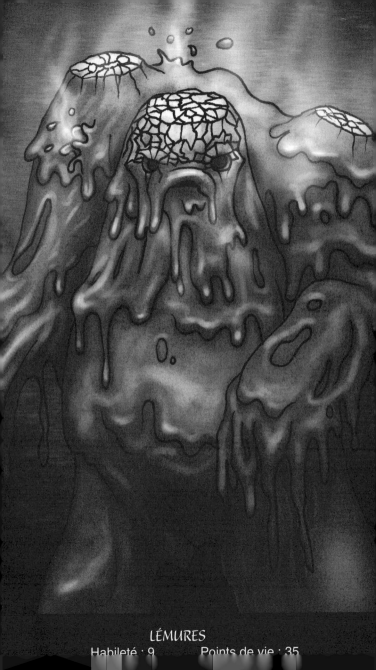

LÉMURES

Habileté : 9   Points de vie : 35

Si vous parvenez à les vaincre, vous arrachez leurs huit yeux (notez-les sur votre fiche de personnage). Chacun d'eux, empli d'un liquide régénérateur, vous permet de récupérer 1 point de vie si vous le gobez.

> Reprenez ensuite votre périple parmi les rochers (#100).

104

Vous êtes intrigué par cette gigantesque faille qui semble descendre jusque dans les profondeurs du monde, peut-être même jusqu'au royaume des démons ! En tout cas, les horribles abeilles-démons aux dards en forme de queue de scorpion en sortent tout droit.

En y regardant de plus près, vous apercevez une grotte dans la paroi abrupte. Par chance, une petite corniche pourrait vous permettre d'y accéder. Mais est-il vraiment utile de risquer sa vie pour aller voir ce qu'elle renferme ?

Si vous vous engagez sur la corniche, rendez-vous au **51**. Sinon, vous pouvez toujours vous diriger dans une autre direction au #100.

105

Une nuée d'abeilles-démons sort de la gigantesque faille et vous attaque! Ces insectes, gros comme votre poing, ont les yeux rouges et un dard qui ressemble à une queue de scorpion!

Si vous parvenez à les détruire, vous continuez à explorer le désert, très intrigué à l'idée que des démons puissent provenir de cette large faille. Allez au #100.

NUÉE D'ABEILLES-DÉMONS

106

Si vous êtes déjà passé par ici, le danger ne s'y trouve plus, et vous vous déplacez sans soucis.

Sinon, effectuez un test de perception (ND 8). Si vous échouez, un serpent des roches, particulièrement bien camouflé, vous saute dessus à la vitesse de l'éclair et vous mord. Vous voilà maintenant empoisonné (modifiez le statut sur votre fiche de personnage). De rage, vous saisissez le reptile et l'étranglez aussitôt.

Si vous réussissez le test, vous le remarquez à temps, évitez la morsure et écrasez le serpent d'un grand coup de talon.

Reprenez votre chemin dans la terre des pierres (#100).

107

Ici se trouve un gouffre si profond et obscur que vous n'en distinguez pas le fond.

Si vous avez déjà franchi le gouffre, inutile de le refaire, car cela ne vous apporterait rien de plus. Retournez à la carte de la terre des pierres (#100) pour choisir une nouvelle destination.

Des rochers très larges tiennent en suspension sur des colonnes naturelles de pierre. Si bien qu'en sautant très habilement, on peut passer de l'autre côté sans aucun souci. Le gouffre fait un cercle autour d'un rocher géant qui, lui-même, est suspendu. Sur ce rocher, défiant toutes les lois de la physique enseignées à Gardolon, vous apercevez des habitations.

— Encore mieux qu'un château ! s'exclame Jack.

— Tu as raison. Les gens qui vivent ici doivent être en sécurité. Aucun animal sauvage ne peut atteindre ce village.

— À moins de voler, bien sûr...

En tout cas, si vous désirez atteindre le village suspendu, pas question de voler. Voilà comment va se dérouler cette épreuve.

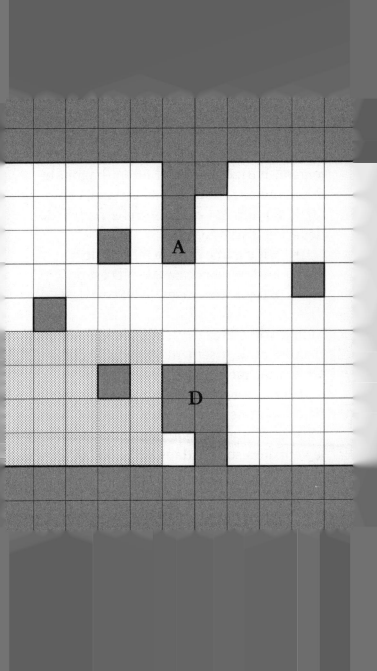

Il s'agit pour cela d'effectuer un test de dextérité à chaque saut. Vous commencez sur le bord « D » et devez atteindre le bord « A ». Choisissez votre parcours, sachant que vous pouvez sauter verticalement, horizontalement et en diagonale. Pour connaître la difficulté du saut, comptez le nombre de cases entre le rocher de départ et d'arrivée.

- S'il y a une case, le ND est de 6.
- S'il y a deux cases, le ND est de 7.
- S'il y a trois cases, le ND est de 8.

Moins vous ferez de sauts, plus ils seront risqués, et inversement. À vous de choisir votre stratégie…

Si vous ratez un test, vous pouvez sacrifier 1 point de chance et, en échange, vous réussissez automatiquement votre saut, car le vent aura soufflé dans votre dos et vous aura porté.

Il est fort probable que vous ayez à reproduire cette épreuve pour sortir du village. Par conséquent, si vous désirez ne pas risquer votre vie inconsidérément, mieux vaut ne pas vous engager et repartir dans le désert (#100).

Si vous tombez dans la faille, vous mourez. Sauf si vous tombez dans la partie grisée ; dans ce cas-là, rendez-vous au **57**. Si vous réussissez à passer de l'autre côté, rendez-vous au **108**. Évidemment, si vous possédez de l'herbe de pierre, et connaissant ses propriétés, vous franchissez la faille sans inquiétude et bondissez au **108**.

108

Ces maisons sont de simples rochers qui ont été creusés pour faire des habitations. D'étranges êtres humanoïdes en sortent.

— Regarde, maître, s'exclame Jack. Leur peau est en pierre !

— Oui, et alors ?

— J'ai peur que ce ne soient des durs à cuire…

Grâce à son encyclopédie, votre compagnon vous apprend qu'il s'agit de pierreux : un peuple sanguinaire qui régnait jadis sur ces terres, mais qui a été exterminé par les soldats de la baronnie.

L'un d'eux, un véritable colosse deux fois plus gros que les autres, s'avance vers vous, l'air menaçant. Ils veulent que vous affrontiez leur champion !

Si vous possédez dans votre équipement une partie d'un corps de démons, quelle qu'elle soit, rendez-vous au **61**.

Sinon, il n'y a rien à faire ; vous allez devoir mener le combat :

Si vous gagnez, les pierreux se mettent à genoux et vous offrent, par peur, un lingot d'or pour que vous les laissiez en paix. N'ayant l'âme ni d'un pilleur ni d'un assassin, vous refusez noblement leur offre. Bien sûr, Jack n'est pas du tout d'accord.

— Non mais, ça va pas ou quoi ?!

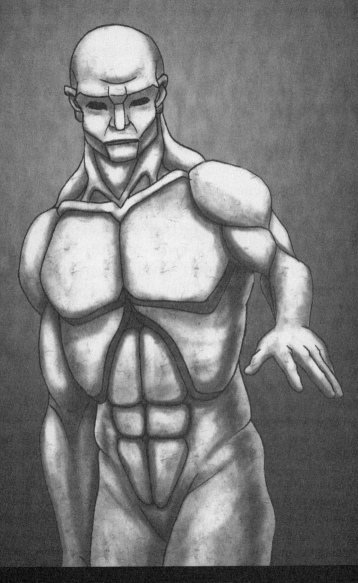

CHAMPION DES PIERREUX

Habileté : 18   Points de vie : 30

— Je n'aurais pas la conscience tranquille si j'acceptais cet or. Tu comprends ?

— Tu sais où je me la mets, ta tranquillité ?! Un lingot d'or, ça ne se refuse pas, inconscient !

Comprenant que venir ici a été une erreur, vous décidez de repartir, saisissant Jack par une palme.

Dans un jardinet jouxtant une maison, vous trouvez de l'herbe de pierre. Son absorption vous permet de perdre votre poids et, du même coup, de pouvoir faire des bonds de géant. Vous pouvez en prendre autant que vous voulez (notez-la sur votre fiche de personnage) mais, une fois cueillie, elle devient inefficace au bout d'une journée.

Vous en utilisez pour sauter de l'autre côté de la faille et reprenez votre chasse dans la terre des pierres (#100).

109

Au sommet d'un rocher, vous apercevez une plante bleutée. Elle est très difficile à atteindre. D'après l'inestimable encyclopédie de Jack, il s'agit d'herbe de pierre. Son absorption vous permet de perdre votre poids et, du même coup, de pouvoir faire des bonds de géant.

Pour escalader le rocher, vous devez effectuer un test de dextérité (ND 6). Si vous possédez un anneau d'escalade, vous réussissez automatiquement. Si le résultat est positif, vous pouvez prendre autant d'herbe de pierre que vous voulez (notez-la sur votre fiche de personnage) mais, une fois cueillie, elle devient inefficace au bout d'une journée. Si vous échouez, vous tombez et perdez 3 points de vie. Vous pouvez tenter l'aventure autant de fois que vous le désirez.

Lorsque vous déciderez de partir, retournez à la carte de la terre des pierres (#100) pour continuer votre exploration.

110

C'est moins terrible que vous ne le pensiez. La grotte est en fait une unique caverne dans laquelle se reposent quelques lémures. Bien sûr, vous allez devoir les combattre ! Si le combat dure plus de 5 assauts, vous serez contaminé par ces horreurs et deviendrez maudit.

Si vous parvenez à les vaincre, vous arrachez leurs 10 yeux (notez-les sur votre fiche de personnage). Chacun d'eux, empli d'un liquide régénérateur, vous permet de récupérer 1 point de vie si vous le gobez.

Furetant dans la caverne, vous découvrez alors un démon colossal. Il doit faire presque trois mètres ! Serait-ce le fameux oni dont vous a parlé l'archer ?

Vêtu d'un pagne et armé d'une massue à pointes de fer, il pousse un hurlement haineux dès qu'il vous aperçoit. Sa peau rouge vif, ses cornes et ses griffes prodigieuses ne donnent qu'un aperçu de sa terrible puissance.

— Regarde, maître, annonce Jack. Il a l'air blessé.

Ce monstre n'est pas sorti indemne de la bataille. C'est pour vous une véritable chance. Mais malgré ses blessures sanguinolentes, il trouve tout de même la volonté

LÉMURES

Habileté : 11   Points de vie : 25

de saisir son arme et de vous attaquer. Même agonisant, ce démon est redoutable !

Si vous diminuez ses points de vie à moins de 8, il cesse le combat. Vous vous souvenez des paroles de l'archer. Cet oni sait parler le langage des hommes.

Si vous lui proposez de lui laisser la vie sauve en échange d'informations, rendez-vous au **98**. Si vous décidez de l'achever, rendez-vous au **64**.

111

Vous tombez dans un piège tendu par les aswangs : un fossé caché sous un amas de feuillage. Lancez un dé pour savoir combien de points de vie vous perdez. Vous devez ensuite combattre un aswang qui vient vous affronter dans la fosse.

Si vous parvenez à le tuer, vous récupérez sa mâchoire (notez-la sur votre fiche de personnage). C'est un puissant porte-bonheur. Elle vous permettra, une seule fois, de réussir automatiquement un test de chance.

Mais vous êtes évidemment remarqué par les démons qui, sachant que vous avez occis l'un des leurs, se saisissent des œufs et s'enfuient.

Rendez-vous au **38.**

112

Vous questionnez tous les habitants que vous croisez, mais personne ne prend la peine de vous répondre. Tous sont trop occupés à hurler.

— À mort la sorcière ! À mort la sorcière !

— Ah ! Ça me rappelle mes débuts, s'écrie Jack. La sorcière d'Hans ! C'était le bon temps…

Mais un villageois a assisté à la prise de parole de Jack. Il reste un instant bouche bée, puis se met à hurler.

— Ce crapaud, je viens de le voir parler ! Cet étranger est un sorcier ! Il est venu la délivrer et nous ensorceler !

— Un crapaud ?! gronde Jack. Tu sais à qui tu causes, bouseux ? Je suis un chevalier, moi !

Évidemment, votre compagnon a parlé si fort que tout le monde est témoin de sa particularité. Les villageois vous assaillent aussitôt.

— Il faut les brûler aussi, lui et son crapaud !

Jack a encore manqué une bonne occasion de se taire. Vous voilà dans de beaux draps !

Si vous vous défendez et tentez de traverser la foule pour retrouver votre cheval et vous enfuir d'ici, rendez-vous au **34**. Si vous jugez plus sage de simplement vous laisser arrêter, rendez-vous au **122**.

113

Vous traversez des salles vidées de tout ameublement où vous ne trouvez rien, à part des cadavres. Pas la moindre trace du démon aux tentacules. En cherchant la provenance des coups, vous découvrez un petit escalier bien dissimulé qui mène jusqu'à un souterrain où est entreposé du matériel. Ici aussi, le combat a dû être violent. Tout au fond se trouve une porte en chêne massif. Et c'est contre elle qu'on est en train de frapper !

Si vous tentez de l'ouvrir, en espérant que ce soit un être humain qui se trouve derrière, rendez-vous au **131**. Si vous vous intéressez d'abord aux installations, rendez-vous au **91**.

114

Vous vous réveillez dans un cachot très sombre. Dès que vous reprenez vos esprits, vous poussez un soupir dépité. Vous vous êtes fait avoir comme un débutant ; votre mission va sans doute se solder par un échec.

Vous partagez votre cellule avec un diablotin domestique. Vous tentez de lui parler, mais ce dernier vous répond des paroles incompréhensibles.

Effectuez un test de savoir (ND 7). Si vous réussissez, rendez-vous au **101**. Si vous échouez, vous ne comprenez rien à ce qu'il dit (rendez-vous au **46**).

115

— Très bien, s'écrie le capitaine. Alors, si vous êtes avec nous, vous accepterez sûrement de nous faire une petite donation de 10 pièces d'argent ?

— Je ne vois pas la différence entre ces soldats et de vulgaires bandits de grand chemin ! déclare Jack sur un ton méprisant.

Cependant, éviter de les contrarier vous semble prudent.

Si vous possédez cette somme et que vous la leur donnez, ils vous laissent continuer votre chemin au **81** (modifiez votre fiche de personnage en conséquence). Si vous leur répondez que vous êtes trop pauvre, ils vous demandent votre cheval, ce que bien sûr vous ne pouvez accepter. Rendez-vous alors au **76**.

116

Vous jetez l'huile bénite sur le cœur du démon. Il pousse un hurlement de douleur qui vous réjouit et s'effondre au sol, dépourvu de vie. Vous avez gagné !

Rendez-vous au **41**.

117

Vous menacez le prêtre, ce qui le fait réfléchir. Il n'a visiblement aucune envie de se battre.

— Très bien, répond-il. De toute façon, je ne l'aurais pas tué. Les sacrifices, ce n'est que pour faire peur aux villageois. En général, les petits, je les revends. Si vous me promettez de remettre cet enfant à sa mère et que tous deux partiront aussitôt du village sans que les habitants ne sachent que je l'ai rendu, je vous le donne.

N'ayant pas de temps à perdre avec les manigances de ce vaurien, vous acceptez ce marché. L'homme vous rend l'enfant, rassuré que vous ne lui fassiez aucun mal.

Rendez-vous au **67**.

118

Lilish est très contrarié. Ne supportant pas l'échec, il vous lance un regard sombre et tente de vous poignarder dans le dos !

Effectuez un test de perception (ND 6). Si vous réussissez, vous évitez la lame et faites volte-face.

Si vous échouez, vous ne voyez pas venir le coup, et la blessure est d'une gravité effrayante. Vous perdez 10 points de vie et obtenez le statut empoisonné !

Et maintenant, il va falloir combattre ! La dague de Lilish est empoisonnée. Dès qu'il vous aura enlevé 1 point de vie, vous diminuerez votre habileté de 1 point jusqu'à ce que vous ayez consommé un antidote.

Si vous parvenez à le vaincre, vous ne trouvez absolument rien d'intéressant dans ses poches.

LILISH

Habileté : 14   Points de vie : 20

Satisfait d'avoir résisté à un tel danger, vous reprenez votre route.

Vous partez en direction de l'ouest (#30). À partir d'ici, vous devrez faire un test de rencontre aléatoire, comme d'habitude, entre chaque lieu.

119

À chaque tour, en plus du dé d'assaut, vous lancerez un autre dé, car la sorcière vous attaquera à l'aide de sa magie occulte. Si vous obtenez 5, elle aura prononcé une incantation mystique et doublera les dégâts que vous recevrez lors de l'assaut. Si vous obtenez 6, elle vous aura immobilisé, et vous ne pourrez plus lui faire perdre de points de vie pendant deux assauts.

Si vous la tuez, vous fouillez sa chaumière, mais ne trouvez rien d'intéressant à récupérer. Jack, lui, découvre des vers de terre à deux têtes qu'il s'empresse d'avaler goulûment.

SORCIÈRE DE KERKEMERIANDE
Habileté : 16   Points de vie : 30

— C'est doublement succulent! se félicite-t-il.

Vous reprenez ensuite votre chemin. Rendez-vous au **29**.

120

Dépité par la morgue de cette femme, vous décidez d'en finir avec elle. Que le combat commence!

À chaque tour, en plus du dé d'assaut, vous lancerez un autre dé, car la sorcière vous attaquera à l'aide de sa magie occulte. Si vous obtenez 5, elle aura prononcé une incantation mystique et doublera les dégâts que vous recevrez lors de l'assaut. Si vous obtenez 6, elle vous aura immobilisé, et vous ne pourrez plus lui faire perdre de points de vie pendant deux assauts.

Si vous parvenez à la tuer, c'est déjà une bonne chose de fait! Mais maintenant, il faut vous occuper de la ruche!

Rendez-vous au **43**.

SWAZBIKA

Habileté : 20   Points de vie : 50

121

Très mauvaise idée! La cire devient aussitôt vivante et vous rentre dans les oreilles jusqu'au cerveau, dont elle vous en mange une partie! Vous perdez 5 points de vie et un point dans la caractéristique de votre choix (dextérité, perception, savoir ou esprit).

Rendez-vous au **99**.

122

La foule entière se met à hurler.

— La roue! La roue!

Rien qu'à cette idée, vos entrailles se nouent. Vous avez déjà entendu parler de cette pratique barbare, mais vous pensiez que plus personne ne la pratiquait depuis deux cents ans!

Il s'agit d'une torture pure et simple à base d'une roue que l'on fait tourner sur elle-même et sur laquelle la victime est attachée. À chaque tour, un pieu placé comme une stalactite inflige de terribles blessures, et le bourreau fait tourner la roue de plus en plus vite ! En général, ne pouvant résister à la souffrance, les sorciers suspectés finissent par utiliser leur magie noire, ce qui les trahit. C'est ce qui a dû arriver à celle qu'on va brûler aujourd'hui.

Et vous allez y passer ! Les soldats vous amènent dans un petit temple de Lunaris où se trouve la terrible machine. On vous attache les mains, les pieds, et la torture commence...

Lancez deux dés et ajoutez 3 ; c'est le nombre de tours que l'on vous réserve ! Chaque tour vous fait perdre 2 points de vie !

Le prêtre de Lunaris, qui assiste à votre calvaire, finit par faire arrêter la machine, persuadé que vous n'êtes pas un sorcier. En effet, aucun de ces gens-là ne pourrait résister à une telle torture sans jeter un sort pour apaiser la souffrance. Si vous êtes un druide et que vous vous êtes soigné pendant le supplice, votre magie n'étant pas occulte, le prêtre ne s'en préoccupe pas, et vous ne créez pas de malentendu.

En guise d'excuse, les soldats vous donnent 20 pièces d'argent. Vous leur lancez un regard noir, sortez du temple et retournez sur la place où le bourreau a déjà allumé la première brindille. Vous croisez des soldats qui conduisent un homme encapuchonné au temple. Le bougre geint avec une voix nasillarde. Lui aussi va subir la torture. Décidément, les habitants de ce bourg sont aussi cruels que paranoïaques!

Rendez-vous au **88**.

123

Il n'y a aucune abeille par ici. Cependant, derrière vous, l'alvéole devient violette avant de se faire immédiatement envahir par un groupe de démons. Vous comprenez que vous feriez bien de toujours vous déplacer dans la lumière verte.

Grâce à cette précieuse découverte, vous progressez sans soucis à travers la ruche.

En touchant les parois de l'alvéole, vous remarquez que celles-ci sont bien faites d'un mélange de cire et de sang qui, vous l'espérez, ne provient pas d'êtres humains.

Vous finissez par déboucher dans un lieu où plusieurs abeilles, visiblement apeurées à l'idée d'arriver en retard, transportent un liquide blanc et laiteux que vous identifiez tout de suite comme étant de la gelée royale.

Si vous les attaquez, rendez-vous au **39**. Si vous préférez les suivre, rendez-vous au **126**.

124

C'est une odeur de Savsaamélia : une fleur aux effluves soporifiques dont les sorciers se servent pour endormir leurs futures victimes ! Vous courez en vous bouchant le nez et parvenez à traverser ce piège retors.

Rendez-vous au **29**.

125

Vous entendez des plaintes de lémures et apercevez des aswangs tournoyer dans le ciel. Vous ne savez pas ce qui se passe plus loin sur la route, et vous ne tenez aucunement à le découvrir.

Comme l'incendie ne s'est pas rendu jusqu'ici, vous contournez l'endroit en chevauchant à travers des hautes herbes qui montent plus haut que votre tête. À l'origine, cet endroit devait probablement être un champ cultivé que la végétation sauvage a envahi. Évidemment, quels paysans voudraient vivre en ce lieu de folie ? Vous entendez soudainement une voix caverneuse retentir.

— Ils sont là, juste devant ! À l'attaque et pas de quartier !

Vous entendez alors des bruissements d'herbe piétinée. Pourvu que vous ne vous trouviez pas au milieu d'une future bataille entre les deux seigneurs rivaux !

Si vous galopez droit devant en espérant éviter les affrontements, rendez-vous au **56**. Si vous faites demi-tour pour revenir sur la route, rendez-vous au **85**.

126

Les abeilles vous amènent tout droit vers une alvéole rose où elles déposent la gelée avant de partir.

À votre tour, vous pénétrez en ce lieu. Rendez-vous au **24**.

127

Le prêtre dégaine une dague et ne vous combat qu'à contrecœur. C'est un escroc, mais pas un assassin. Il se défend cependant assez bien.

Sa dague est empoisonnée ; donc, s'il vous touche, vous le devenez à votre tour.

PSEUDO-PRÊTRE

Habileté : 12   Points de vie : 15

Après l'avoir tué, vous fouillez la grotte et découvrez une porte verrouillée à l'aide d'une barre de bois que vous retirez aussitôt. À l'intérieur se trouve le jeune enfant. Vous lui tendez la main pour le ramenez à sa mère.

Rendez-vous au **67**.

128

Le blessé vous indique comment rentrer chez lui. Une fois arrivé, vous frappez, et c'est son épouse inquiète qui vous ouvre la porte. Lorsqu'elle découvre qui vous lui ramenez, elle vous saute au cou, pleurant de joie! Puis elle allonge son mari sur leur lit conjugal. Pour vous remercier, elle vous donne tout ce qu'elle peut trouver.

Mais elle ne possède pas grand-chose qui puisse vous intéresser. Cependant, Jack finit par jeter son dévolu sur un coucou de feu. Selon la femme, cet oiseau est capable de cracher une boule de feu si on le caresse avec une pièce d'or. Elle précise cependant qu'elle n'a jamais pu vérifier cela, pour la bonne et simple raison qu'elle n'a jamais eu la moindre pièce d'or entre les mains. Vous pouvez l'accepter ou pas, c'est comme vous voulez. Jack se fâchera peut-être, mais ce n'est pas bien grave.

Vous la remerciez pour sa gentillesse et reprenez votre quête.

> Vous pouvez faire le détour par le nord. Rendez-vous sur votre carte à la route entre La-Bergerie-sur-Rive et Oie-sur-Centre (#60) ; acceptez la mission (rendez-vous au **13**) ou allez à la boutique du village (rendez-vous au **26**). Si vous savez pourquoi le démon-voleur n'est passé ici qu'il y a trois jours au lieu d'une semaine, et que vous avez pu parler avec un démon, rendez-vous au **75**.

129

Heureusement, vous n'êtes pas coincé au fond de la faille. Entre deux pierres, un interstice vous permet d'accéder à un formidable réseau de galeries naturelles formées par les espaces entre les rochers entassés les uns sur les autres.

Rendez-vous au **82**.

130

Dès que vous touchez ces objets, la boîte disparaît subitement. Quelque chose se matérialise alors au centre de la salle. Des feux-follets dorés sortent des murs de pierre et se réunissent pour former un sanglier lumineux !

— Que les profanateurs soient punis pour l'éternité ! hurle-t-il en vous bondissant dessus.

Si c'est la deuxième fois que vous affrontez cet adversaire divin, vous commencez à vous habituer à ses techniques de combat et vous pouvez augmenter de 1 point votre habileté.

Si vous parvenez à le vaincre, vous décidez de vous occuper du morceau d'étoffe écarlate. Rendez-vous au **3**.

AVATAR DE ROGOR
Habileté : 14   Points de vie : 30

131

Vous entendez des gémissements humains provenir de l'autre côté de la porte.

Si vous êtes druide, vous faites vieillir le bois et le brisez. Si vous êtes avec Lilish, celui-ci crochète la serrure sans difficulté. Sinon, vous devez enfoncer la porte. Dans ce dernier cas, lancez deux dés ; c'est le nombre de points de vie que cela vous coûte. Si vous êtes guerrier, vous ne perdez que 1 point de vie.

À l'intérieur se trouve un archer qui doit être enfermé ici depuis longtemps, vu l'odeur nauséabonde qu'il dégage.

— Ah ! s'écrie-t-il en souriant. Merci de m'avoir délivré ! Les soldats ont fermé cette porte, car beaucoup de démons lémures se trouvaient dans cette partie des souterrains. Malheureusement, ils n'ont pas vu que je m'y étais déjà engouffré. J'y suis depuis trois jours. J'ai tué tout ce qu'il reste de lémures grâce à mes objets magiques, mais j'ai cru que la faim aurait raison de moi !

— Trois jours! Des démons ont-ils survécu?

— Oh oui, quelques-uns se sont enfuis.

— Le nôtre, ajoute Jack, on voit son cœur brûler à travers la peau. Il a des tentacules, une autre tête au bout d'une corne…

— Ne vous fatiguez pas. On a tous vu celui-là. Ce devait être un chef. En tout cas, il était plus fort que les autres. Vous auriez dû voir comment il nous a balayés avec ses tentacules! Ah, et il parlait notre langue aussi! Il nous a dit que les hommes n'en avaient plus pour très longtemps; c'était vraiment effrayant.

— Était-il seul?

— Non. Il était accompagné par une vieille sorcière qui avait l'air complètement folle. Il l'a prise entre ses tentacules pour s'enfuir des souterrains. Ce devait être à cause de ces deux-là que tous les démons se regroupaient dans ce manoir, car ils ont tout fait pour nous empêcher de les approcher. Et dès qu'ils se sont enfuis dans les bois, ça a été le bazar complet. Les démons se sont mis à faire n'importe quoi, complètement désorganisés. Ah oui, ils avaient un sous-chef aussi, un oni. Il s'est enfui également.

— Un quoi ?! demande Jack, interloqué.

— Un oni. Ce sont des démons très forts. Ils ne sont apparus que récemment. Mais il se trouve qu'ils impressionnent les autres démons et arrivent à les commander. Ils sont de différentes couleurs, d'après ce qu'on m'a rapporté. Celui-ci était rouge en tout cas. Et il me semble aussi l'avoir entendu parler notre langue.

— Savez-vous par où est parti le démon ?

— Je suis vraiment désolé, mais non. Peut-être qu'en regardant aux alentours, vous trouverez ses traces.

— Je vous remercie.

— Non, c'est plutôt moi. Sans vous, je n'imagine même pas quelle mort ignoble m'attendait. Tenez, c'est un anneau d'éclair. Pour l'utiliser, il s'agit juste de le frotter un peu, et il foudroie tous ceux qui sont face à vous ! Je l'ai essayé sur les lémures et ça les tue en grande quantité ! Ils semblent très sensibles à la foudre. Je l'ai passablement utilisé. Il me semble qu'il n'en reste que trois charges.

C'est un objet précieux que vous venez de recevoir (notez-le sur votre fiche de personnage)! Grâce à lui, vous pouvez faire perdre 5 points de vie à un adversaire. Contre un groupe de lémures, ça les tue tous automatiquement, et vous gagnez le combat. Utilisez donc ses trois charges avec intelligence.

Vous remerciez l'archer. Celui-ci vous salue et court dans l'escalier retrouver le monde extérieur. Lorsque vous ressortez du manoir, il a déjà disparu. Vous supposez qu'il est reparti chez son seigneur, dans la forêt de Kerkemeriande. Ou peut-être est-il parti chasser, affamé qu'il était...

Quant à vous, vous devez trouver la piste de ce maudit voleur de fleur! Vous passez un moment à observer la forêt et vous découvrez enfin des traces. Un cheval s'est enfoncé dans la forêt en direction du nord-est.

Si la cavalière-démon a pu récupérer sa monture avant de s'enfuir dans les bois, c'est une chance pour vous! Pas besoin d'être un chasseur expérimenté pour suivre ses traces ! Mais si vous avez un talent naturel pour le pistage forestier, peut-être observerez-vous aussi quelque chose d'étrange.

Si vous êtes archer ou druide, si vous êtes avec Lilish (qui a un bon sens de l'observation) ou si vous possédez un bandeau magipist, rendez-vous au **15**. Sinon, rendez-vous au **54**. Si vous transportez un blessé, vous l'installez sur votre monture pendant votre excursion dans la forêt ; les traces se dirigeant heureusement dans la direction de La-Bergerie-sur-Rive (#50), sans oublier le test de rencontre aléatoire.

132

Le miroir tombe en morceaux dans un fracas innommable. Vous allez à la fenêtre voir si la sorcière est toujours là, mais elle a disparu du jardin ! Vous l'entendez alors éclater de rire tandis qu'elle apparaît à l'entrée de la chaumière.

— Pauvres imbéciles, vous n'avez aucune chance contre moi !

Rendez-vous au **119** pour la combattre.

133

Votre adversaire, se sentant en mauvaise posture, se met à tourbillonner et fait appel à toutes ses larves. Ce sont de petites bêtes jaunes et rampantes. Les larves vous recouvriront et ralentiront vos mouvements, vous faisant perdre 1 point d'habileté de plus pour la suite du combat !

Revenez au **99**.

134

Voici ce que vous pouvez acheter dans la boutique pour aventuriers de Drew.

OBJETS	EMPL.	PRIX
POTION MINEURE	Sac à dos	5 pièces d'argent
Permet de récupérer 10 points de vie		
POTION INTERMÉDIAIRE	Sac à dos	10 pièces d'argent
Permet de récupérer 20 points de vie		
ANTIDOTE	Sac à dos	5 pièces d'argent
Annule le statut empoisonné		
EAU BÉNITE	Sac à dos	5 pièces d'argent
Annule le statut maudit		
POTION D'HABILETÉ	Sac à dos	15 pièces d'argent
Ajoute un bonus de +2 points d'habileté pendant 1 combat		
POTION DE PUISSANCE	Sac à dos	15 pièces d'argent
Ajoute un bonus de +2 aux dégâts infligés pendant 1 assaut		
CASQUE D'ÉBÈNE	Tête	20 pièces d'argent
Réservé aux guerriers, permet de gagner 1 point d'habileté		
PLASTRON D'ÉBÈNE	Corps	20 pièces d'argent
Réservé aux guerriers, permet de gagner 1 point d'habileté		

OBJETS	EMPL.	PRIX
ÉPÉE D'ÉBÈNE	Main droite	20 pièces d'argent
Réservée aux guerriers, ajoute 1 point aux dégâts infligés à l'adversaire		
BOUCLIER D'ÉBÈNE	Main gauche	20 pièces d'argent
Réservé aux guerriers, permet de gagner 1 point d'habileté		
BÉRET D'ÉBÈNE	Tête	20 pièces d'argent
Réservé aux archers, permet de gagner 1 point d'habileté		
VESTE D'ÉBÈNE	Corps	20 pièces d'argent
Réservée aux archers, permet de gagner 1 point d'habileté		
FLÈCHES D'ÉBÈNE	Main droite	20 pièces d'argent
Réservées aux archers, ajoutent 1 point aux dégâts infligés à l'adversaire		
ARC D'ÉBÈNE	Main gauche	20 pièces d'argent
Réservé aux archers, permet de gagner 1 point d'habileté		
CHAPEAU D'ÉBÈNE	Tête	20 pièces d'argent
Réservé aux magiciens, permet de gagner 1 point d'habileté		

OBJETS	EMPL.	PRIX
TOGE D'ÉBÈNE	Corps	20 pièces d'argent
Réservée aux magiciens, permet de gagner 1 point d'habileté		
BAGUETTE MAGIQUE D'ÉBÈNE	Main droite	20 pièces d'argent
Réservée aux magiciens, ajoute 1 point aux dégâts infligés à l'adversaire		
COURONNE D'ÉBÈNE	Tête	20 pièces d'argent
Réservée aux druides, permet de gagner 1 point d'habileté		
TUNIQUE D'ÉBÈNE	Corps	20 pièces d'argent
Réservée aux druides, permet de gagner 1 point d'habileté		
BÂTON D'ÉBÈNE	Main droite	20 pièces d'argent
Réservé aux druides, ajoute 1 point aux dégâts infligés à l'adversaire		
CASQUE DE DIAMANT	Tête	1 pièce d'or
Réservé aux guerriers, permet de gagner 2 points d'habileté		
PLASTRON DE DIAMANT	Corps	1 pièce d'or
Réservé aux guerriers, permet de gagner 2 points d'habileté		

OBJETS	EMPL.	PRIX
ÉPÉE DE DIAMANT	Main droite	1 pièce d'or
Réservée aux guerriers, ajoute 2 points aux dégâts infligés à l'adversaire		
BOUCLIER DE DIAMANT	Main gauche	1 pièce d'or
Réservé aux guerriers, permet de gagner 2 points d'habileté		
BÉRET DE DIAMANT	Tête	1 pièce d'or
Réservé aux archers, permet de gagner 2 points d'habileté		
VESTE DE DIAMANT	Corps	1 pièce d'or
Réservée aux archers, permet de gagner 2 points d'habileté		
FLÈCHES DE DIAMANT	Main droite	1 pièce d'or
Réservées aux archers, ajoutent 2 points aux dégâts infligés à l'adversaire		
ARC DE DIAMANT	Main gauche	1 pièce d'or
Réservé aux archers, permet de gagner 2 points d'habileté		
CHAPEAU DE DIAMANT	Tête	1 pièce d'or
Réservé aux magiciens, permet de gagner 2 points d'habileté		

OBJETS	EMPL.	PRIX
TOGE DE DIAMANT	Corps	1 pièce d'or
Réservée aux magiciens, permet de gagner 2 points d'habileté		
BAGUETTE MAGIQUE DE DIAMANT	Main droite	1 pièce d'or
Réservée aux magiciens, ajoute 2 points aux dégâts infligés à l'adversaire		
COURONNE DE DIAMANT	Tête	1 pièce d'or
Réservée aux druides, permet de gagner 2 points d'habileté		
TUNIQUE DE DIAMANT	Corps	1 pièce d'or
Réservée aux druides, permet de gagner 2 points d'habileté		
BÂTON DE DIAMANT	Main droite	1 pièce d'or
Réservé aux druides, ajoute 2 points aux dégâts infligés à l'adversaire		
LANTERNE	Sac à dos	5 pièces d'argent
Très utile quand il fait noir		
PELLE À NEIGE	Sac à dos	5 pièces d'argent
Très utile dans la cité de Drew, même en plein été		

OBJETS	EMPL.	PRIX
PARFUM D'AMICHE	Sac à dos	25 pièces d'argent
Faire respirer cette fragrance à un cheval permet de garantir sa fidélité		
BANDEAU MAGIPIST	Sac à dos	35 pièces d'argent
Permet une seule fois d'avoir l'expérience d'un pisteur chevronné		

Une fois vos emplettes effectuées, sortez de la boutique au **135**.

135

Vous franchissez la porte ouest de la cité et suivez la route pavée. Le soleil resplendissant de cet après-midi ne vous réchauffe aucunement à cause d'un vent printanier assez désagréable.

— J'en ai marre de toute cette neige! peste Jack en se frottant les pattes.

— Ne t'inquiète pas. Là où nous allons, il n'y en a pas.

Vous peinez à vous habituer à votre nouvelle monture, trop habitué aux mouvements de votre fidèle cheval. Vous avez dû laisser ce dernier en ville car, n'étant pas d'une race très courante par ici, il vous aurait fait remarquer.

Bientôt, la route se sépare en deux. Un petit panneau de bois, indiquant Houx-et-Pierre, montre un chemin de terre campagnard et tortueux. Une autre indication, gravée sur un rocher, annonce Joute-en-Bière-la-Chapelle dans la direction où continue la route pavée.

Vous vous posez un instant la question de votre prochaine direction. Soudain, Jack, qui pense avoir tout compris à l'histoire, s'écrie :

— Bon alors, ils sont de quel côté, les navets ?

Ce choix est quelque peu hasardeux. Si vous vous dirigez vers Joute-en-Bière-la-Chapelle, rendez-vous au **20**. Si vous préférez Houx-et-Pierre, rendez-vous au **10**.

136

C'est Jack qui vous réveille en vous donnant des claques. Vous ouvrez les yeux et constatez que vous vous trouvez dans une chaumière aux armoires remplies d'ingrédients magiques, de cadavres d'animaux et de chaudrons en tous genres. Vous êtes dans le repaire d'une sorcière!

— Elle n'a pas vu que je parlais, vous chuchote Jack. Elle pense que je suis une grenouille normale et m'a gardé pour ma bave. Elle est partie dans son jardin, mais va revenir. Il faut faire vite!

Par la fenêtre, vous apercevez une vieille femme qui est en train de parler à ses fleurs. Vous saisissez aussitôt votre équipement et réveillez votre autre compagnon, si bien sûr vous en avez un.

— Je connais bien les sorcières, s'écrie Jack. La plupart se lient magiquement à certains objets qu'elles aiment, et dans lesquels elles enferment leur âme! Peut-être pouvons-nous la détruire ainsi!

— Vite! Détruis tout ce que tu peux!

Si vous brisez un miroir qui se trouve au fond de la maison, allez au **132**. Si vous préférez décapitez un rat qui tourne bizarrement en cercle dans sa cage, allez au **58**. Si vous choisissez de couper la tige d'une grande fleur rouge à l'entrée de la maison, allez au **42**.

137

Si vous n'êtes pas aussi près de votre bourse que Jack, faites votre choix. S'ils sont dans cette liste, Pit rachètera volontiers vos biens pour la moitié de leur valeur d'achat.

— Au fait, gamin ! s'exclame le vieux Pit. Si jamais tu as un coucou de feu, je suis prêt à te l'échanger contre un de mes objets. Je rêve d'avoir cette étrangeté, et on m'a dit qu'un spécimen se trouvait dans les parages…

OBJETS	EMPL.	PRIX
MÉDAILLON DE RÉSURRECTION	Cou	20 pièces d'argent
Ramène vos points de vie à leur maximum lorsqu'ils atteignent zéro		

OBJETS	EMPL.	PRIX
POUDRE DE SCARABÉE	Sac à dos	20 pièces d'argent
Régénère un talent		
HEAUME TUTÉLAIRE	Tête	1 pièce d'or
Réservé aux guerriers, évite le statut maudit et enlève 2 points aux dégâts reçus		
VESTE TUTÉLAIRE	Corps	1 pièce d'or
Réservée aux archers, évite le statut maudit et enlève 2 points aux dégâts reçus		
COURONNE TUTÉLAIRE	Tête	1 pièce d'or
Réservée aux druides, évite le statut maudit et enlève 2 points aux dégâts reçus		
TOGE TUTÉLAIRE	Corps	1 pièce d'or
Réservée aux magiciens, évite le statut maudit et enlève 2 points aux dégâts reçus		
SÉRUM SALUTAIRE	Sac à dos	75 pièces d'argent
Annule le statut empoisonné et permet de recouvrer tous ses points de vie		
ŒIL DE BASILIC	Sac à dos	80 pièces d'argent
Multiplie par 5 les dégâts infligés à l'adversaire pendant un assaut		
POTION DE CHANCE	Sac à dos	20 pièces d'argent
Permet d'être automatiquement chanceux lors d'un test de chance		

OBJETS	EMPL.	PRIX
POTION DE RÉUSSITE	Sac à dos	20 pièces d'argent
Permet d'être automatiquement chanceux lors d'un test de caractéristique		

Vous prenez ensuite congé du vieux Pit. Ce personnage est vraiment incroyable. Qui sait quand et où se fera votre prochaine rencontre ?

Revenez au **90**.

191

Vous passez devant une petite chaumière près de laquelle un panneau indique « Guérisseur ». Intéressé, vous franchissez le pas de la porte et découvrez un petit hospice où quelques soldats reposent sur des couches de fortune.

Le guérisseur vous examine et vous propose quelques soins moyennant 20 pièces d'argent. Si vous le payez, il vous fera regagner la moitié des points de vie qu'il vous manque.

Que vous acceptiez les soins ou non, vous reprenez ensuite votre route sur la carte ou au paragraphe dont vous venez.

192

Vous rencontrez deux fantassins aux ordres d'un seigneur qui vous est inconnu. Ils vous empêchent de passer et n'arrêtent pas de hurler.

— Le mot de passe! Dites-nous le mot de passe!

Comme vous ne le connaissez évidemment pas, vous leur répondez que vous ne leur voulez aucun mal et que vous êtes « neutre ». Visiblement, ce mot ne fait pas partie de leur vocabulaire. Fidèles à l'adage « qui n'est pas mon ami est mon ennemi », ils vous attaquent.

Si vous parvenez à les vaincre, vous trouvez 10 pièces d'argent sur leurs cadavres. Reprenez ensuite votre route sur la carte ou au paragraphe dont vous venez.

193

En traversant un petit bois, vous recevez une flèche en pleine poitrine et perdez 3 points de vie!

Visiblement, des archers vous ont tendu une embuscade! Et dire que votre mission consiste à sauver ces gens des démons! C'est dur d'être un héros!

Lancez un dé pour savoir combien de flèches sont tirées avant que vous ne vous échappiez de ce traquenard.

Pour chaque flèche, lancez un dé. Si vous êtes archer, augmentez le résultat de 2; si vous êtes guerrier ou druide, de 1. Si vous obtenez 4 ou plus, vous échappez à la flèche. Mais si le dé indique un chiffre inférieur, vous perdez 2 points de vie.

Une fois en sécurité, vous reprenez votre route sur la carte ou au paragraphe dont vous venez.

194

Si vous êtes magicien, vous ressentez une présence magique hostile dans les parages et vous échappez à cette mauvaise rencontre.

> Reprenez votre route sur la carte ou au paragraphe dont vous venez.

Sinon, vous croisez un magicien-soldat sur un cheval. Elle vous attaque avant même de savoir qui vous êtes. Ce doit être un soldat chargée de conserver un terrain que son seigneur a conquis.

À chaque tour, en plus du dé d'assaut, vous lancerez un autre dé, car le soldat vous attaquera à l'aide de sa magie. Si vous obtenez 4 ou 5, elle aura prononcé une incantation de puissance magique. Elle augmentera de 2 points les dégâts qu'elle vous infligera à cet assaut. Si vous obtenez 6, elle vous aura affaibli. Vous ne perdrez aucun point de vie pour cet assaut, mais diminuerez votre habileté de 2 points pour les deux prochains assauts.

SOLDAT MAGICIEN

Habileté : 14   Points de vie : 20

Si vous parvenez à vaincre ce féroce soldat, vous fouillez ses affaires et ne trouvez strictement rien ! Comme ses congénères, son seul équipement était son savoir.

Vous haussez les épaules et reprenez votre chemin sur la carte ou au paragraphe dont vous venez.

195

Un démon vous attaque ! Il s'agit d'un aswang : une créature féminine volante au visage laid et grimaçant qui enlève les enfants pour les dévorer dans son nid.

Visiblement, celui-ci doit être vraiment affamé pour oser s'attaquer à un voyageur dans la force de l'âge. Mais il n'en est pas moins un adversaire redoutable.

Si vous parvenez à le tuer, vous récupérez la mâchoire de l'aswang (notez-la sur votre fiche de personnage). C'est un puissant porte-bonheur. Elle vous permettra, une seule fois, de réussir automatiquement un test de chance.

Vous reprenez ensuite votre chemin sur la carte ou au paragraphe dont vous venez.

196

Un groupe de quatre démons sort des fourrés et vous attaque ! Ce sont des lémures, c'est-à-dire des amas d'une matière dégoûtante et visqueuse ressemblant à de la morve.

Ces horreurs sont très lentes et faibles. Mais en combattre quatre ne sera pas de tout repos. Si le combat dure plus de 5 assauts, vous serez contaminé par ces horreurs et deviendrez maudit.

Si vous parvenez à les vaincre, vous arrachez leurs huit yeux (notez-les sur votre fiche de personnage). Chacun d'eux, empli d'un liquide régénérateur, vous permet de récupérer 1 point de vie si vous le gobez.

Maintenant, continuez votre chemin sur la carte ou au paragraphe dont vous venez.

LÉMURES

Habileté : 9   Points de vie : 35

200

De retour à Drew, étant donné que le baron vous croit parti dans les marais au sud, vous jugez plus prudent de vous cacher dans une petite auberge. Par l'entremise d'un mercenaire et pour la modique somme de 5 pièces d'argent (n'oubliez pas de les déduire sur votre fiche de personnage), vous parvenez tout de même à prendre contact avec Onéor.

Vous le rencontrez au parc, comme convenu. Dans un petit kiosque désert, vous lui racontez tout.

— Félicitations! déclare-t-il en lissant sa moustache. Vous êtes à la hauteur de ce que j'attendais de vous. Pour l'instant, restez à l'auberge où vous êtes descendu. C'est plus discret. Je suis sur une piste intéressante et j'aurai besoin de vous très bientôt...

— Ah bon?

— Oui, si mes doutes se confirment, il va falloir nous préparer à affronter l'inconcevable. Cette baronnie a décidément perdu la tête. Nous risquons tous d'être très prochainement dans les navets !

La mine d'Onéor vous paraît défaite et préoccupée. Ce qui ne présage rien de bon… Vous lui souhaitez bonne chance et rentrez à l'auberge, soucieux. Cette situation ne vous sied guère. Elle est même totalement absurde. Vous êtes venu dans cette baronnie pour la sauver et vous voilà obligé de vivre clandestinement, et tout ça par la faute d'un baron complètement loufoque. C'est un comble ! Et comme si ça ne suffisait pas, malgré votre franc succès, les paroles d'Onéor n'ont fait qu'attiser votre inquiétude.

Attablé dans la salle bruyante et enfumée de l'auberge, vous profitez d'une bonne soupe servie par la patronne : une femme aussi charpentée que conviviale. Jack vous rejoint, quelques asticots dans les pattes.

— Où as-tu trouvé ça, Jack ?

— Sur le plateau à fromages. Ils sont délicieux. Miam !

— Commence plutôt ton repas par la soupe, petit coquin.

— À quoi est-elle ?

— Carottes et navets, c'est excellent.

— Ah bien, tiens, puisque tu en parles, j'ai réfléchi. Qui sait, quand Onéor parle des navets, c'est peut-être un message codé ! Qu'est-ce que ça peut bien vouloir dire ?...

— Jack... soupirez-vous. C'est une expression. Ça ne veut rien dire.

— Ah bon ?! Mais alors, pourquoi tu ne me l'as pas dit plus tôt ? Ça t'amuse de me laisser dans le doute, hein ? De toute façon, c'est toujours pareil ; personne ne me dit rien à moi ! Tiens d'ailleurs, c'est comme la fois où...

Et voilà, c'est reparti pour un tour ! Profitez bien de ce court repos car, en ce moment même, de sombres personnages ourdissent d'inquiétants complots au plus profond de la cité. Des voix qui murmurent, des épées qui s'affûtent, des regards vicieux qui attendent patiemment leur heure dans l'ombre des couloirs nocturnes. Préparez-vous à affronter l'incroyable démesure et la démence totale du palais de la déraison !

À SUIVRE...

Félicitations !

À l'issue de cette traque palpitante, vous êtes parvenu à vaincre Notre Dame de la Flamme, le redoutable démon ayant fusionné avec le rêve de vent par l'entremise de l'ignoble sorcière Swazbika. Grâce à vous, les incessants conflits territoriaux affectant la baronnie de Drew peuvent se poursuivre sans être troublés par les démons. Mais qu'a donc appris Onéor, ce respectable chevalier, pour être si inquiet ? Quel terrible danger menace la baronnie de Drew ?

Cette mission vous a permis de progresser ; voici les modifications à apporter à votre fiche de personnage :

- Ajoutez +1 à votre niveau (vous êtes plus expérimenté).

- Augmentez de 2 votre total de points de vie (vous vous êtes aguerri).
- 5 pièces d'or vous sont offertes.

Vous gagnez aussi un nouveau talent. Il vous sera présenté dans le tome 4.

Vous pouvez dès maintenant faire des achats dans la boutique de Drew. Notez également que votre personnage a récupéré tous ses points de vie, ainsi que le statut sain, grâce aux bons soins des guérisseurs du baron Drew trente-neuf, mandatés en douce par Onéor.

Nous espérons que vous vous êtes bien amusé avec ce tome d'*À Vous de Jouer 2*. Vous pouvez l'apprécier à nouveau en incarnant d'autres personnages, ou faire tout simplement d'autres choix pour en découvrir plus sur la déroutante baronnie de Drew. N'hésitez pas à nous donner votre avis sur notre forum :

www.seriesfantastiques.com

Dans le tome 4, intitulé *Le Palais de la déraison*, vous allez rencontrer des adversaires si dangereux que Jack le gigantesque, lui-même, pourrait bien avoir envie de s'enfuir... Réservez dès maintenant votre livre dans votre boutique préférée, qu'elle soit sur Internet ou au coin de la rue.

D'ici sa publication, venez vite nous rejoindre sur notre site Web, au :

www. avdj2.com.

Vous pourrez participer à des quêtes inédites, aussi passionnantes les unes que les autres. Et ce n'est pas tout. De nombreuses autres surprises vous y attendent.

À très bientôt. Les baronnies du Sud ont grand besoin de vous !...

Annexe : feuilles de personnage

Vous trouverez dans ces dernières pages un modèle de feuille de personnage que vous pourrez utiliser dans cette série.

Vous retrouverez également les feuilles de personnage (version couleur) en format imprimable sur notre site Web :

www.avdj2.com

N'oubliez pas que vous démarrez cette aventure avec 4 pièces d'or (ce qui revient à 400 pièces d'argent). C'est à vous de les utiliser pour vous équiper.

ARCHER

Niveau : 03

Nom							

	Table	Différence entre l'habileté du héros et de son adversaire					
		Défense			Attaque		
		+ D11	D10 - D6	D5 - D1	A0 - A5	A6 - A10	A11 +
	1	héros : -7 adv : -4	héros : -6 adv : -4	héros : -5 adv : -4	héros : -4 adv : -4	héros : -3 adv : -4	héros : -2 adv : -4
	2	héros : -6 adv : -4	héros : -5 adv : -4	héros : -4 adv : -4	héros : -3 adv : -4	héros : -2 adv : -4	héros : -1 adv : -4
	3	héros : -6 adv : -5	héros : -5 adv : -5	héros : -4 adv : -5	héros : -3 adv : -5	héros : -2 adv : -5	héros : -1 adv : -5
	4	héros : -5 adv : -5	héros : -4 adv : -5	héros : -3 adv : -5	héros : -2 adv : -5	héros : -1 adv : -5	héros : -1 adv : -5
	5	héros : -5 adv : -6	héros : -4 adv : -6	héros : -3 adv : -6	héros : -2 adv : -6	héros : -1 adv : -6	héros : 0 adv : -6
	6	héros : -4 adv : -6	héros : -3 adv : -6	héros : -2 adv : -6	héros : -1 adv : -6	héros : 0 adv : -6	héros : 0 adv : -6

Statut

Vie (maximum : 52)

Monnaie (départ : 400 pa)

Lancer 1 dé (6 faces)

Combat

Habileté	Bonus d'habileté	Bonus de dégâts	Autres bonus
04			

Caractéristiques

Dextérité	Perception	Savoir	Esprit	Chance
02	04	03	02	07

Talents

Esquive (Ta)	Grâce à sa rapidité, l'archer peut éviter les coups adverses. Donc pas de dégâts reçus pendant 2 assauts consécutifs.
Tir précis (Ta)	Grâce à sa précision, l'archer touche un point faible de l'adversaire. Dégâts infligés +10 pendant un assaut.

ARCHÈRE

Niveau : 03

Nom							

	Table	Différence entre l'habileté du héros et de son adversaire					
Statut		Défense			Attaque		
		+ D11	D10 - D6	D5 - D1	A0 - A5	A6 - A10	A11 +
	1	héros : -7 adv : -4	héros : -6 adv : -4	héros : -5 adv : -4	héros : -4 adv : -4	héros : -3 adv : -4	héros : -2 adv : -4
Vie (maximum : 52)	2	héros : -6 adv : -4	héros : -5 adv : -4	héros : -4 adv : -4	héros : -3 adv : -4	héros : -2 adv : -4	héros : -1 adv : -4
	3	héros : -6 adv : -5	héros : -5 adv : -5	héros : -4 adv : -5	héros : -3 adv : -5	héros : -2 adv : -5	héros : -1 adv : -5
	4	héros : -5 adv : -5	héros : -4 adv : -5	héros : -3 adv : -5	héros : -2 adv : -5	héros : -1 adv : -5	héros : -1 adv : -5
Monnaie (départ : 400 pa)	5	héros : -5 adv : -6	héros : -4 adv : -6	héros : -3 adv : -6	héros : -2 adv : -6	héros : -1 adv : -6	héros : 0 adv : -6
	6	héros : -4 adv : -6	héros : -3 adv : -6	héros : -2 adv : -6	héros : -1 adv : -6	héros : 0 adv : -6	héros : 0 adv : -6

(Colonne verticale : Lancer 1 dé (6 faces))

Combat

Habileté	Bonus d'habileté	Bonus de dégâts	Autres bonus
04			

Caractéristiques

Dextérité	Perception	Savoir	Esprit	Chance
02	04	03	02	07

Talents

Esquive (Ta)	Grâce à sa rapidité, l'archère peut éviter les coups adverses. Donc pas de dégâts reçus pendant 2 assauts consécutifs.
Tir précis (Ta)	Grâce à sa précision, l'archère touche un point faible de l'adversaire. Dégâts infligés +10 pendant un assaut.

DRUIDE

Niveau : 03

Nom							

	Table	Différence entre l'habileté du héros et de son adversaire					
		Défense			Attaque		
		+ D11	D10 - D6	D5 - D1	A0 - A5	A6 - A10	A11 +
Lancer 1 dé (6 faces)	1	héros : -7 adv : -4	héros : -6 adv : -4	héros : -5 adv : -4	héros : -4 adv : -4	héros : -3 adv : -4	héros : -2 adv : -4
	2	héros : -6 adv : -4	héros : -5 adv : -4	héros : -4 adv : -4	héros : -3 adv : -4	héros : -2 adv : -4	héros : -1 adv : -4
	3	héros : -6 adv : -5	héros : -5 adv : -5	héros : -4 adv : -5	héros : -3 adv : -5	héros : -2 adv : -5	héros : -1 adv : -5
	4	héros : -5 adv : -5	héros : -4 adv : -5	héros : -3 adv : -5	héros : -2 adv : -5	héros : -1 adv : -5	héros : -1 adv : -5
	5	héros : -5 adv : -6	héros : -4 adv : -6	héros : -3 adv : -6	héros : -2 adv : -6	héros : -1 adv : -6	héros : 0 adv : -6
	6	héros : -4 adv : -6	héros : -3 adv : -6	héros : -2 adv : -6	héros : -1 adv : -6	héros : 0 adv : -6	héros : 0 adv : -6

Statut

Vie (maximum : 47)

Monnaie (départ : 400 pa)

Combat

Habileté	Bonus d'habileté	Bonus de dégâts	Autres bonus
04			

Caractéristiques

Dextérité	Perception	Savoir	Esprit	Chance
02	03	02	04	07

Talents

Soins (Ta)	Le druide guérit de l'empoisonnement et récupère des points de vie. +10 points de vie et annule le statut empoisonné.
Totem aigle (Ta)	Le druide se transforme en aigle. Blessures reçues -1 par assaut pendant la durée d'un combat.

DRUIDESSE

Niveau : 03

Nom							

Statut

Vie (maximum : 47)

Monnaie (départ : 400 pa)

Table	Différence entre l'habileté du héros et de son adversaire						
Lancer 1 dé (6 faces)		Défense			Attaque		
		+ D11	D10 - D6	D5 - D1	A0 - A5	A6 - A10	A11 +
1		héros : -7 adv : -4	héros : -6 adv : -4	héros : -5 adv : -4	héros : -4 adv : -4	héros : -3 adv : -4	héros : -2 adv : -4
2		héros : -6 adv : -4	héros : -5 adv : -4	héros : -4 adv : -4	héros : -3 adv : -4	héros : -2 adv : -4	héros : -1 adv : -4
3		héros : -6 adv : -5	héros : -5 adv : -5	héros : -4 adv : -5	héros : -3 adv : -5	héros : -2 adv : -5	héros : -1 adv : -5
4		héros : -5 adv : -5	héros : -4 adv : -5	héros : -3 adv : -5	héros : -2 adv : -5	héros : -1 adv : -5	héros : -1 adv : -5
5		héros : -5 adv : -6	héros : -4 adv : -6	héros : -3 adv : -6	héros : -2 adv : -6	héros : -1 adv : -6	héros : 0 adv : -6
6		héros : -4 adv : -6	héros : -3 adv : -6	héros : -2 adv : -6	héros : -1 adv : -6	héros : 0 adv : -6	héros : 0 adv : -6

Combat

Habileté	Bonus d'habileté	Bonus de dégâts	Autres bonus
04			

Caractéristiques

Dextérité	Perception	Savoir	Esprit	Chance
02	03	02	04	07

Talents

Soins (Ta)	La druidesse guérit de l'empoisonnement et récupère des points de vie. +10 points de vie et annule le statut empoisonné.
Totem aigle (Ta)	Le druidesse se transforme en aigle. Blessures reçues -1 par assaut pendant la durée d'un combat.

GUERRIER

Niveau : 03

Nom						

Différence entre l'habileté du héros et de son adversaire

Table	Défense			Attaque		
	+ D11	D10 - D6	D5 - D1	A0 - A5	A6 - A10	A11 +
1	héros : -7 adv : -4	héros : -6 adv : -4	héros : -5 adv : -4	héros : -4 adv : -4	héros : -3 adv : -4	héros : -2 adv : -4
2	héros : -6 adv : -4	héros : -5 adv : -4	héros : -4 adv : -4	héros : -3 adv : -4	héros : -2 adv : -4	héros : -1 adv : -4
3	héros : -6 adv : -5	héros : -5 adv : -5	héros : -5 adv : -5	héros : -3 adv : -5	héros : -2 adv : -5	héros : -1 adv : -5
4	héros : -5 adv : -5	héros : -4 adv : -5	héros : -3 adv : -5	héros : -2 adv : -5	héros : -1 adv : -5	héros : -1 adv : -5
5	héros : -5 adv : -6	héros : -4 adv : -6	héros : -3 adv : -6	héros : -2 adv : -6	héros : -1 adv : -6	héros : 0 adv : -6
6	héros : -4 adv : -6	héros : -3 adv : -6	héros : -2 adv : -6	héros : -1 adv : -6	héros : 0 adv : -6	héros : 0 adv : -6

Lancer 1 dé (6 faces)

Statut

Vie (maximum : 52)

Monnaie (départ : 400 pa)

Combat

Habileté	Bonus d'habileté	Bonus de dégâts	Autres bonus
04			

Caractéristiques

Dextérité	Perception	Savoir	Esprit	Chance
04	02	02	03	07

Talents

Hargne (Ta)	Agressivité passagère qui permet d'augmenter les dégâts infligés. Dégâts infligés +5 pendant un assaut.
Position défensive (Ta)	L'habileté du guerrier est augmentée de 5 points lors d'un combat s'il se bat avec un bouclier.

GUERRIÈRE

Niveau : 03

Nom						

Statut

Vie (maximum : 52)

Monnaie (départ : 400 pa)

Table		Différence entre l'habileté du héros et de son adversaire					
		Défense			Attaque		
		+ D11	D10 - D6	D5 - D1	A0 - A5	A6 - A10	A11 +
Lancer 1 dé (6 faces)	1	héros : -7 adv : -4	héros : -6 adv : -4	héros : -5 adv : -4	héros : -4 adv : -4	héros : -3 adv : -4	héros : -2 adv : -4
	2	héros : -6 adv : -4	héros : -5 adv : -4	héros : -4 adv : -4	héros : -3 adv : -4	héros : -2 adv : -4	héros : -1 adv : -4
	3	héros : -6 adv : -5	héros : -5 adv : -5	héros : -4 adv : -5	héros : -3 adv : -5	héros : -2 adv : -5	héros : -1 adv : -5
	4	héros : -5 adv : -5	héros : -5 adv : -5	héros : -3 adv : -5	héros : -2 adv : -5	héros : -1 adv : -5	héros : -1 adv : -5
	5	héros : -5 adv : -6	héros : -4 adv : -6	héros : -3 adv : -6	héros : -2 adv : -6	héros : -1 adv : -6	héros : 0 adv : -6
	6	héros : -4 adv : -6	héros : -4 adv : -6	héros : -3 adv : -6	héros : -2 adv : -6	héros : -1 adv : -6	héros : 0 adv : -6

Combat

Habileté	Bonus d'habileté	Bonus de dégâts	Autres bonus
04			

Caractéristiques

Dextérité	Perception	Savoir	Esprit	Chance
04	02	02	03	07

Talents

Hargne (Ta)	Agressivité passagère qui permet d'augmenter les dégâts infligés. Dégâts infligés +5 pendant un assaut.
Position défensive (Ta)	L'habileté de la guerrière est augmentée de 5 points lors d'un combat si elle se bat avec un bouclier.

MAGICIEN

Niveau : 03

Nom

Statut

Vie (maximum : 47)

Monnaie (départ : 400 pa)

Différence entre l'habileté du héros et de son adversaire

Table	Défense			Attaque		
	+ D11	D10 - D6	D5 - D1	A0 - A5	A6 - A10	A11 +
1	héros : -7 adv : -4	héros : -6 adv : -4	héros : -5 adv : -4	héros : -4 adv : -4	héros : -3 adv : -4	héros : -2 adv : -4
2	héros : -6 adv : -4	héros : -5 adv : -4	héros : -4 adv : -4	héros : -3 adv : -4	héros : -2 adv : -4	héros : -1 adv : -4
3	héros : -6 adv : -5	héros : -5 adv : -5	héros : -4 adv : -5	héros : -3 adv : -5	héros : -2 adv : -5	héros : -1 adv : -5
4	héros : -5 adv : -5	héros : -4 adv : -5	héros : -3 adv : -5	héros : -2 adv : -5	héros : -1 adv : -5	héros : -1 adv : -5
5	héros : -5 adv : -6	héros : -4 adv : -6	héros : -3 adv : -6	héros : -2 adv : -6	héros : -1 adv : -6	héros : 0 adv : -6
6	héros : -4 adv : -6	héros : -3 adv : -6	héros : -2 adv : -6	héros : -1 adv : -6	héros : 0 adv : -6	héros : 0 adv : -6

(Lancer 1 dé (6 faces))

Combat

Habileté	Bonus d'habileté	Bonus de dégâts	Autres bonus
04			

Caractéristiques

Dextérité	Perception	Savoir	Esprit	Chance
03	02	04	02	07

Talents

Foudre (Ta)	Le magicien foudroie instantanément l'adversaire. Il inflige +10 dégâts pendant un assaut.
Gel (Ta)	Le magicien gèle son adversaire. L'adversaire doit réduire son habileté de 5 points la durée d'un combat.